Norbert Loacker

Was Massen mögen. Essay

Wer kennt es nicht? – Disneyland, die begehbare Fantasie aus Kindheitstagen mit epischen Helden zum Anfassen. Entweder man liebt es, oder man hasst es; als Hochkultur gilt es jedenfalls nicht. Vielleicht übersieht der typisch europäische Hochmut gegenüber dem Trivialen und der „Disneysierung der Welt“ aber etwas sehr Zentrales hinter dem Bedürfnis nach Zerstreuung: das Grundgefühl des modernen Menschen, sein Heimweh nach dem Garten Eden.

We make the magic ist das Versprechen des zweifellos bekanntesten Themenparks der Welt, und in diesem Mantra schwingt vielerlei mit, wie Norbert Loacker nüchtern analysiert: Machbarkeitswahn, Gigantomanie und quasireligiöse Attitüde. Walt Disney ist Visionär, aber auch Verführer, wenn er uns seine künstliche Gegenwelt als Lösung verkauft, als Erlösung von unserem im Vergleich geheimnislos-banalen Alltag.

Norbert Loacker, geboren 1939 in Altach/Vorarlberg. Studium der Philosophie, Geschichte und Klassischen Philologie in Wien, lebt in Kaltenbach (Schweiz). Verfasser von Romanen, Hörspielen, Lyrik, Sachbüchern, Essays und wissenschaftlichen Periodika. Bis 2004 Präsident der Robert-Walser-Stiftung Zürich. Ehrengaben der Stadt Zürich und des Landes Vorarlberg. Bei Limbus: *Der Zufällige* (2009) und *Leben Lesen Träumen* (2010)

Norbert Loacker

Was Massen mögen

Über Themenparks

Essay

Limbus Verlag

Gedruckt mit freundlicher Unterstützung von
Land Vorarlberg, Kanton Thurgau

Bibliografische Information der Deutschen Nationalbibliothek:
Die Deutsche Nationalbibliothek verzeichnet diese Publikation
in der Deutschen Nationalbibliografie; detaillierte bibliografische
Daten sind im Internet über
http://dnb.d-nb.de abrufbar.

Druck: Finidr, s.r.o.

ISBN 978-3-99039-079-5
www.limbusverlag.at

Wie soll man die Massen denn organisieren,
wenn sie nicht wissen, was sie wollen müssen?

Michail Alexandrowitsch Bakunin

Aus dem weißen Sand ragt ein Leuchtturm empor
wie ein Eiskaffee auf dem Tischtuch in einem Café.

Jules Renard

Was wäre ein Dorf, nachdem man
die Kirche plattgewalzt hat.

Jules Renard

I. „Junkspace“

Von 1994 bis 1998 arbeitete die Schweizer Journalistin und Buchautorin Sieglinde Geisel[1] als Kulturkorrespondentin der *NZZ* in New York. Nach dem informellen Kalender für die Epoche „Beyond Disney“, beginnend mit Disneys frühem Tod am 15. Dezember 1966, dauerte dieser Aufenthalt vom Auftreten des *Lion King* bis zur animierten Geschichte von *Fa Mulan*. Sich mit dem Phänomen der Themenparks zu befassen, gehört sicher zu den Pflichtübungen dieses Berufs. Doch so viele Nägel die Autorin in ihrem Beitrag auch auf den Kopf trifft, es ist doch ein europäisch trainierter, von den Nährstoffen unserer alten Kultur gestärkter Arm, der den zierlichen Hammer schwingt. Eingestreut in analytische Partien, die mit Statements amerikanischer Urbanisten, Historiker und Soziologen mithalten können (und sich erkennbar umsichtiger Recherche in diesen Revieren verdanken), finden sich Sätze, die für das bekannte elitäre Igitt-Syndrom unserer denkenden Klasse typisch sind:

---

[1] Sieglinde Geisel: Plasticwelten für die Middle Class. Ein Streifzug durch amerikanische Theme Parks. In: Neue Zürcher Zeitung, 7. September 1998

„Lohnt es sich, über diese kommerziellen Simulationswelten überhaupt nachzudenken? Wie Technopartys, über die so virtuos philosophiert wird, sind auch Theme Parks im Grunde ein triviales Phänomen, das sich gerade wegen der inhaltlichen Leere als Spielwiese für gedankliche Selbstverwirklichung anbietet. Es gibt nichts zu sagen, also sagt man eben etwas über nichts."

Und noch markiger: „Kritiker haben es nicht leicht: Wirtschaftlicher Erfolg rechtfertigt in Amerika bekanntlich jeden Schwachsinn."

Über die ähnlich denkende Architekturkritikerin Ada Louise Huxtable (1921–2013) erfahren wir in diesem Beitrag: „Die kunstsinnige Autorin erschrickt über die Mediokrität der Vergnügungsarchitektur, deren Daseinszweck einzig in der Generierung von Geld besteht, fern jeden Gedankens an Kultur."

Der Schweizer Kunsthistoriker Stanislaus von Moos zitiert in einer Sammlung von Essays unter dem Titel *Nicht Disneyland* die amerikanischen Architekten Peter Eisenman und Cynthia Davidson mit einem Urteil ganz im Sinn von Frau Huxtable: „The Disneyworlds, Las Vegas, and even the idea of *junkspace* represent a thin and vulgar culture – eine substanzlose und primitive Kulturauffassung."[2] Von Moos spricht von „einer fast verbissen zu nennenden Resistenz, ja Intoleranz des gehobenen ästhetischen

---

[2] Stanislaus von Moos: Nicht Disneyland. Scheidegger & Spiess, Zürich 2004, Seite 7

Mainstreams gegenüber jeder Versuchung von ‚Nostalgie', ‚Spektakel' oder ‚Populismus' in Architektur und Design". Und etwas später: „Der Titel dieses Buches [...] reflektiert das Disney-Bashing – eine Erscheinung der Neunzigerjahre. Wenn nicht alles täuscht, ist das Disney-Bashing Teil sowohl einer gesellschaftlichen Gemütslage als auch einer spezifisch architektur- und designorientierten Diskussion". Dazu nicht ohne Ironie: „Zum Habitus des Kunstbeflissenen und zum Selbstverständnis des Kritikers in Kunst-Dingen gehörte bis vor kurzem die kalte Schulter für den konservativen Geschmack der Menge und ein metaphysischer Ekel in Anbetracht dessen, was die Kulturindustrie unternommen hat und unternimmt, um entsprechende Erwartungen zu erfüllen."

In der Einleitung zum Essay *Einige ‚Sacri Monti' der Massenkultur. Überlegungen zum Disney-Syndrom* schreibt von Moos: „Im Herbst 1996 zeigten die Vereinigten Staaten eine Ausstellung zum Thema *The Art of Disney Architecture* als offiziellen Beitrag zur 6. Architekturbiennale von Venedig. Ein Thema, das bis anhin im Bewusstsein der ästhetischen Elite gar nicht existiert hatte, wurde so über Nacht zu einem Gegenstand der Architekturgeschichte. [...] Gemäss einer traditionellen Auffassung von kultureller Modernität ist das Phänomen Disney nicht mehr als eine Marginalie."[3]

[3] von Moos: Nicht Disneyland. 2004, Seite 34

Man wird, um der psychologischen und geschichtlichen Dimension des Themenparks und seiner alles in allem exorbitanten Wirkungsmacht gerecht zu werden, versuchen müssen, die Triebkräfte ausfindig zu machen, die zum Beispiel einen geborenen Nobody wie Walter Elias Disney zu ihrem populärsten Regisseur gemacht haben.

Einem solchen Interesse steht zweierlei entgegen. Das erste Hindernis ist zweifellos die erwähnte krasse Profitorientierung, zu der Gründer, Manager und Designer dieser Betriebe sich mehr oder weniger ungeniert bekennen. Wo es so offen ums große Geld geht, wirkt eine davon unbeeindruckte Analyse nur zu leicht wie die Resteverwertung von Informationen, die als Krumen vom Tisch der Macher fallen.[4]

Das entscheidende Hindernis sind jedoch verbreitete intellektuelle Attitüden von Beobachterinnen und Beobachtern. Als Sachwalter einer von hochkarätigem Individualismus und elitärem Ethos getragenen Tradition glauben sie allen Ernstes, gegen vulgäre En-

---

[4] Auch eine Erfolgsgeschichte des Disney-Formats ist natürlich von Flops und Krisen begleitet. Nur ein Hinweis für viele: Auf *Spiegel online* (6. Dezember 2013) findet sich der Artikel von Claus Hecking: *Krise beim Pariser Vergnügungspark: Euro Disney in der Mäusefalle*: „Disneyland Paris steckt in der Krise. Europas größter Vergnügungspark leidet unter Millionenverlusten, unzufriedenen Besuchern, Zoff mit den Gewerkschaften. Aber für einen echten Neuanfang fehlt den Betreibern das Geld." Disney-Biografen verweisen korrekt auf die krisenanfällige Arbeitsteilung zwischen dem genial-visionären Walt und seinem kommerziell orientierten Bruder Roy, so etwa Reinhold Reitberger in seinem Disney-Band in der rororo-Bildmonographie-Reihe.

tertainer, besonders solche der XXL-Klasse, noble Stellung beziehen und einen Kampf der Verdikte, noch dazu mit Aussicht auf einen leichten Sieg, führen zu sollen. Dabei profitieren sie von dem kulturgeschichtlich eingerasteten Vorzug, den das bis an den Rand der Selbstzerstörung gehende schöpferische Schaffen gegenüber allem hat, was zum Zweck der kommunen Unterhaltung geliefert wird, die im Deutschen noch das fragwürdige Synonym *Zerstreuung* erdulden muss.

„Aschenbach“, so Thomas Mann in *Tod in Venedig*, „war der Dichter all derer, die am Rande der Erschöpfung arbeiten, der Überbürdeten, schon Aufgeriebenen, sich noch Aufrechthaltenden, all dieser Moralisten der Leistung, die, schmächtig von Wuchs und spröde von Mitteln, durch Willensverzückung und kluge Verwaltung sich wenigstens eine Zeitlang die Wirkung der Größe abgewinnen.“

Wer so denkt, denkt auch den Gegensatz mit: „Lebendige, geistig unverbindliche Greifbarkeit der Gestaltung bildet das Ergötzen der bürgerlichen Massen.“ Gegen den Schweiß des Angesichts, biblisch, stoisch, mönchisch und protestantisch nachhaltig geadelt, ist schwer zu einem fortgeschrittenen Begriff von Unterhaltung zu kommen, der die niederen Latten von Plaisir und Amüsement überfliegt.

Allerdings findet man auch in Sieglinde Geisels Ausführungen eine Ahnung davon, dass der Themenpark mehr sein könnte als nur die soundsovielte Neuauflage der ewig gleichen Gaudi für die Armen im Geiste, die heute im Stil der Zeit *popcorn and attractions* statt *panem et circenses* suchen.

„Immer öfter", stellt sie redlich, aber ratlos fest, „bewegt man sich in Amerika jedoch auch ausserhalb eigentlicher Theme Parks in thematisch konzipierten Umgebungen." Und: „Es gibt nichts, was gegen die Verwandlung in einen Theme Park gefeit wäre."

Der amerikanische Historiker John M. Findlay[5] hat vorgeführt, wie viel es über Disneyland bei aller kommerziellen Rabiatheit der Erfinder und der späteren Betreiber zu sagen gibt, ohne dass man dabei den seriösen Diskurs aufgeben und in virtuoses Philosophieren über „Schwachsinn" verfallen müsste.

Was europäisches Kulturbewusstsein und amerikanische Analyse zueinanderführen könnte, wäre ein revidierter Begriff des Trivialen. In unserer erlauchten Geschichte wäre es mehr als einmal hilfreich, wenn nicht gar „das Rettende" (Hölderlin) gewesen, wenn unsere Eliten das sogenannte Triviale nicht zu den Kulturabfällen, mithin zum „Schwachsinn", geschlagen hätten, über die nachzudenken sich auf keinen Fall lohnt. Es würde uns allen den tragikomischen Anblick ersparen, sie aus dem postapokalyptischen Augenreiben jahrzehntelang nicht herausfinden zu sehen – oder erst dann, wenn schon die nächste

---

[5] Vgl. John M. Findlay: Magic Lands. Western Cityscapes and American Culture after 1940, darin Seite 52ff.: Disneyland, The Happiest Place on Earth. University of California Press, Berkeley, Los Angeles, London 1992

Apokalypse im Gang ist. Es ist derselbe gildenspezifische Ignorantismus, der sich mit Prädikaten wie *unfasslich*, mit Fragen des Musters *Wie konnte das nur geschehen?!*, der ahistorischen Kategorie der *absoluten Einmaligkeit*, der von keiner Aufklärung angekränkelten Epik der *Dämonie* und dem Billigmythos vom *Bösen* herumschlägt, das niemandem wirklich den Gefallen tut, banal zu sein.

Wenn es stimmt, dass es (fast) nichts gibt, was gegen die Verwandlung in einen Themenpark gefeit ist, drängt das zu dem Umkehrschluss, viele historische und kulturelle Prozesse wären gleich und im Nachhinein besser zu verstehen (gewesen) und ließen uns weniger fassungslos zurück, wenn wir sie auf die Strukturen und Funktionsmuster überprüften, die die Disney-Konstrukte in schöner Offenheit jedem zeigen, der sich dafür nicht zu gut ist.

We make the magic, lautet das zentrale Mantra der Herren des Disney-Imperiums. Das stimmt insofern, als sie mit ultimativer Konsequenz die Magie einer Struktur genutzt haben, die vor ihnen durch die Jahrhunderte schon ganz andere genutzt haben, und das mit Folgen, die sich weiß Gott nicht in harmlosem Entertainment erschöpften.

II. Never-never-Land

John Hench, ab 1939 enger Mitarbeiter des Meisters, kolportiert die folgende unter Disneys Vertrauten tradierte Stiftungslegende. Sie bezieht sich auf Walt Disneys Gewohnheit, mit seinen beiden kleinen Töchtern, Diane Marie und der adoptierten Sharon Mae, an Samstagen – „Daddy's days" – Ausflüge in die Umgebung von Los Angeles zu machen und dabei lokale Vergnügungsparks zu besuchen.

„Während Disney die Zeit mit seinen Töchtern genoss, beobachtete er, dass er und andere Eltern oft gelangweilt auf den Bänken saßen, Popcorn aßen und ihren Kindern auf den Geräten und Bahnen zusahen. Zu seinem wachsenden Unbehagen kam noch der allgegenwärtige Schmutz vieler Einrichtungen. Während dieser Ausflüge entwickelte Walt eine neue Vision [...] einen kleinen Vergnügungspark [...] so konzipiert, dass er sowohl Kinder als auch Erwachsene anzog. Disney erläuterte, es sollte ‚etwas zwischen Messe, Ausstellung, Spielplatz, Gemeinschaftszentrum, Museum lebendiger Objekte und Showbühne der Schönheit und Magie' sein."[6]

---

[6] John Hench: Designing Disney. Imagineering and the Art of the Show. Disney Editions, New York 2008, Seite 2

Aus diesem Urerlebnis, das so schlicht und einfach ist, dass es auch wahr sein kann, ist dann bekanntlich etwas mit unerwartet weitreichenden Folgen geworden: „1963 hat der bekannte amerikanische Stadtplaner James Rouse Disneyland als ‚den größten Wurf städtischen Designs in den USA von heute' beschrieben. Wer sich mit räumlicher Anordnung, Architektur und Konstruktion der gebauten städtischen Einrichtung beschäftigte, verstand Disneyland als Vorbild für Projekte wie Shopping Malls, öffentliche und private Gebäude, Sportstadien und den Umgang mit der historischen Substanz."[7]

Das alles hat über die Frage hinweggetäuscht, warum der Herr der Mäuse nach seinen ersten Trickfilmerfolgen mit siebenundzwanzig doppelt so alt werden musste, bevor er elf Jahre vor seinem frühen Tod Disneyland in Anaheim eröffnete. Für Walt Disney World (WDW) in Florida hat er nach langen inneren Widerständen noch grünes Licht gegeben, und für die *Experimental Prototype Community of Tomorrow*, kurz Epcot, vor reinblütig utopischen Planskizzen im Fernsehen geworben. Eröffnet wurde WDW 1971, ganze fünf Jahre nach seinem Tod, Epcot noch einmal elf Jahre später – bis zur Unkenntlichkeit entstellt.

Der Themenpark von Anaheim ist Disneys „Alterswerk" und, blickt man auf das Zeitgeschehen, sei-

---

[7] Findlay: Magic Lands. 1992, Seite 53

ne kindliche Antwort auf ein historisches Chaos, neben dem das von ihm beklagte Durcheinander von L.A. und Coney Island[8], New York, die Aufregung nicht wert war.

Den ersten Kontakt mit den Umbrüchen der Zeit suchte der achtzehnjährige Disney als freiwilliger Ambulanzfahrer im Jahr 1 nach dem Ersten Weltkrieg in Paris. Falls er vom Versailler Vertrag etwas mitbekommen hat, fuhr er seine Rotkreuzautos mitten durch die Ursprünge des nächsten Weltkriegs. Auch die in diesem Jahr deklarierte Alkohol-Prohibition, die in den folgenden vierzehn Jahren wie ein Krebsgeschwür an Amerikas Ökonomie und kommerzieller Ethik zehrte, war kaum dazu angetan, Disney zum notorischen Meisterlächler zu prägen, als der er später die Bildschirme beherrschte.

Im Jahr nach den ersten Mickey-Mouse-Filmen *Plane Crazy* und *Steamboat Willie* schlitterte Amerika 1929 in die Große Depression, die es während der

---

[8] Obwohl L.A. sozusagen hautnah neben dem Anaheim-Park liegt, schoss sich Walt Disney in einer Mischung von konkreter Konzeptkritik und diffusem Westküstenressentiment auf New York und seinen berühmten Luna Park auf der Halbinsel Coney Island ein: „Als Walt Disney das baufällige Coney Island im Verlauf der Planung seines Themenparks besuchte, schauderte ihn vor den *kitschigen Bahnen und den feindseligen Angestellten*. Der New Yorker Vergnügungspark hatte wie andere auch eine zufällige und zerfahrene Anlage, im Gegensatz zu Disneylands thematischem und planmäßigem Design. […] Coney Island symbolisierte den Osten und seine Hauptmetropole. Es gehörte zu einer Umwelt von extremen Temperaturen, dichtem Verkehr und industriellem *Rauch und Schmutz*, lauter Realitäten, die aus Sicht von Disney ein Fluch waren.“ (Findlay: Magic Lands. 1992, Seite 66)

ganzen Dreißigerjahre im Würgegriff hielt. Der Zweite Weltkrieg brachte an der Heimatfront den totalen Krieg gegen den Kommunismus, angeführt von Senator Joseph McCarthy und exekutiert vor dem berüchtigten *Komitee für unamerikanische Umtriebe*. Vor diesem rückte Disney den neun Monate langen Streik in den Burbank-Studios in das Licht, das ihm und dem Komitee das rechte schien, und erstickte in der Folge den leisesten Zweifel an seiner Vaterlandstreue als Special Agent des FBI durch Denunziationen von Künstlern, die links vom amerikanischen *Way of Right* wandelten. Zu seinen Opfern gehörte nach einer zählebigen Legende auch Charles Spencer Chaplin Jr., Disneys Freund und künstlerisches Vorbild in den frühen Dreißigern bei United Artists. Aufgrund der belastenden Aussagen Disneys soll das FBI Chaplin 1952 die Rückreise aus Europa verweigert und damit der Filmkarriere des Künstlers den Todesstoß versetzt haben.[9]

In einem Interview hat der Romanautor Peter Stephan Jungk den Stellenwert dieser Legende vielsagend relativiert: „Velan: Hat Disney, wie von Ihnen geschildert, vor dem McCarthy-Komitee gegen Charlie Chaplin ausgesagt? Jungk: Das ist zwar meine Erfindung, aber nicht undenkbar. Disney hat gegen andere ausgesagt und ihnen somit geschadet. Auch

---

[9] Peter Stephan Jungk: Der König von Amerika. Roman. Klett-Cotta, Stuttgart 2001. Dazu: Christine Velan: Der König von Amerika. Gespräch mit dem Schriftsteller Peter Stephan Jungk. In: Berliner Zeitung, 17. November 2001

wenn er Chaplin viel zu verdanken und dieser ihn in seiner Arbeit unglaublich geprägt hat. Schon im Alter von dreizehn Jahren ist Disney mit einem Schulfreund in einem Amateurkabarett als Chaplin-Imitator aufgetreten. Später hat man nicht nur die Schöpfung der Mickey Mouse, sondern auch weitere Zeichentrickfilme dem Einfluss Chaplins zugeschrieben. Es wäre keineswegs verwunderlich, wenn Disney Chaplin als Kommunistensympathisanten denunziert hätte. Zum einen, da sich menschliche Bindungen bei Disney, bis auf wenige Ausnahmen, nie als tiefgreifend und dauerhaft erwiesen haben, zum anderen aus Disneys patriotischem Verantwortungsgefühl heraus, unamerikanische Umtriebe aufdecken zu wollen."

Außer in seinem Mickeyversum fand Disney Halt und Identität im Weltbild der Republikaner. Dabei brachte er allerhand unter einen Hut: die geradezu mythische Verehrung für Abraham Lincoln, die lebenslangen Freundschaften mit Richard Nixon und Ronald Reagan (den er angeblich erst von links nach rechts drehen musste), sowie die Wahlhilfe für den McCarthy-Intimus und Extrem-Rassisten Barry Goldwater.

Die Eröffnung von Anaheim 1955 fiel in die Startphase des Vietnamkriegs. Dieser atavistische Konflikt mit den Konturen eines Kreuzzugs umbrandete das Never-never-Land Disneys wie eine Bastion konservierter Kindheit. „Ich bin sicher, dass er ein bestimmtes Alter in sich und in seiner Entwicklung nicht überschreiten wollte und nicht überschritten hat. Er soll mit seinem Luftballon in der Hand wie ein achtjähriger Junge ausgesehen haben, nach der Eröffnung von Disneyland. Er hatte dort eine puppenstubenähnliche Wohnung, in der er relativ oft übernachtete. Soweit ich weiß, ganz allein. Wie ein Kind besuchte er sein eigenes Disneyland. Das war ihm persönlich das Wichtigste, was er in seinem Leben geschaffen hatte. Jede Woche ist er dort mehrmals gesehen worden. Putzkommandos erkannten ihn häufig und beobachteten, wie er mitten in der Nacht da durchging. Disneyland war sein Spielzeug."[10]

Als es mit Walt Disney zu Ende ging, hatten die Proteste gegen den Wahnsinn von Vietnam bereits volle Fahrt aufgenommen. Disney befürwortete den Krieg ohne Vorbehalte. Gegen Muhammad Ali, der sich als Kriegsgegner geoutet hatte, reagierte er mit päpstlicher Allüre, indem er über ihn ein lebenslanges Zutrittsverbot in sein Allerheiligstes verhängte.

Auch wenn der Mann, der sich glaubhaft „[s]ein Leben lang hinter einer Maus und einer Ente versteckt [hat]", sich handkehrum als „König von Amerika" und „bekannter als selbst Jesus" fühlte[11], brachte der Tod im Herbst 1966 keinen Übermenschen zu Fall: „Seine Ehefrau Lillian scheint ihm wenig bedeutet zu haben. Sie war einfach da. Disney unterhielt

---

[10] Velan/Jungk, 2001
[11] zit. nach Velan/Jungk, 2001

über Jahrzehnte ein sehr enges Verhältnis zu einer Krankenschwester namens Hazel George. Es ist mir nicht bekannt, ob sie noch lebt. Vielleicht gibt es noch Überraschungen. In meinem Roman stirbt Hazel George jedenfalls. Disney hatte sie eingestellt, um täglich wegen der Bandscheibenschmerzen, die ihn seit einem Polounfall aus den dreißiger Jahren quälten, massiert zu werden. Neben seiner Adoptivtochter Sharon muss diese Frau ihm von allen Menschen am nächsten gestanden haben. Ob es eine erotische Beziehung zwischen den beiden gab, ist mir unbekannt. [...] Disney war als extremer Einzelgänger an Sexualität einfach nicht besonders interessiert. [...] Er ist einer, der zeitlebens nie wirklich ohne Depressionen leben konnte, trotz der Beachtung und Anerkennung, trotz seiner 32 Oscars. Ich denke, er war alkoholabhängig, jedenfalls trank er schon tagsüber Whisky. Sicher litt er auch unter ständiger Überarbeitung, ein echter Workaholic. [...] Seine Lebensgeschichte ist tragisch. Aus einfachsten Verhältnissen kommend, schafft er dieses unglaubliche Imperium und sagt ein paar Monate vor seinem Tod: ‚Wenn ich jetzt noch fünfzehn Jahre vor mir hätte! Was ich jetzt noch leisten würde, stellte alles in den Schatten, was ich bisher geschaffen habe!‘ Verhältnismäßig früh stirbt er mit 65 Jahren an Lungenkrebs. Selbst sein letzter Wunsch wurde ihm nicht erfüllt. Er wollte mit Hilfe der Kryotechnik eingefroren und in Disneyland oder der von ihm geplanten, jedoch nie verwirklichten Zukunftsstadt Epcot aufbewahrt werden. Die Familie hielt es für ein Hirngespinst. Nicht nur, dass sie ihn nicht einfrieren ließen, sie ließen ihn einäschern."[12]

Und das Werk dieses Mannes? Wie der Historiker John M. Findlay gezeigt hat, ist es nicht im theoriefreien Raum entstanden. Es trägt die bekannten Züge einer naiven pädagogischen Utopie, entwickelt mit erstaunlicher Konsequenz. Unter den despotischen Arbeitsbedingungen von Burbank und Disneyland hat die Aufklärung niemals stattgefunden. Sie durfte es nicht – im Gegenteil. Trotzdem scheint Disney nie zum Bewusstsein durchgedrungen zu sein, eine Theorie von Gesellschaft im Allgemeinen und Unterhaltung im Besonderen zu haben.

„Ich stehe dazu, ich geniere mich in keiner Weise dafür: Wir produzieren Corn"[13] – was im übertragenen Sinn so viel bedeuten dürfte wie Massenkost für die Fun-Diät. Die Aversion des Grundschulabgängers Disney gegen *Intellektuelle* und *Genies* ist notorisch.

Die Romantisierung des Bildungsdefizits in der Figur des Selfmademan überlagert nicht nur bei Disney die allzu offene Neigung zum Personenkult. Die Absicht und Einsicht, *Corn* zu produzieren, hat Disney nicht davon abgehalten, ein absolutistisches Denk- und Stilmonopol in seinem Universum durchzusetzen. Für sein Personal auf, neben und hinter der Bühne war und ist *Disney thinking* kein Freifach: „Um

[12] Velan/Jungk, 2001
[13] zit. nach Velan/Jungk, 2001

sowohl neue als auch länger dienende Angestellte im Disney-Stil auszubilden, schuf das Management die University of Disneyland. Sie lehrte die Geschichte von Walt Disney und dem Park und instruierte die angehenden Mitarbeiter, wie man alle denkbaren Besucherfragen beantwortete. Sie bot Arithmetikkurse für Leute, die mit Geld umgehen mussten, und Rhetorik für die, die Kontakt mit Besuchern hatten. Sie bereitete auch Lehrbücher für praktisch jede Sorte von Job im Park vor und vereinheitlichte so die Tätigkeiten aller Angestellten. [...] Die Handbücher der University of Disneyland erklärten, dass die Angestellten, indem sie andere glücklich machten, sich selbst glücklich machten. ‚Vergnügen zu bereiten ist unsere Arbeit. Und unsere Arbeit bereitet Vergnügen – für uns und unsere Gäste. [...] Wir alle denken ähnlich in einem endgültigen Muster', erklärte er. Die Disneyland-Handbücher wandten sich an neue Angestellte: ‚Wir hoffen, dass es Ihnen Freude macht, auf unsere Art zu denken.'"[14]

[14] Findlay: Magic Lands. 1992, Seiten 74ff.

III. Überflüssige Uhren

Man wird vermutlich von keinem Besucher der Disney-Areale, den man nach dem Zweck seines Hierseins fragt, eine andere Antwort bekommen als die, die Walt Disney selbst und seine Nachfahren dem *Happiest Place On Earth* eingeschrieben haben: *Escape the ordinary. Embrace the magic.* Zu umarmen wird es, solange die Castles stehen und die Rides und Rails sich drehen, immer genug geben, denn wie gesagt: *We make the magic.*

An diesem Mantra ist zweierlei interessant. Zum einen wird damit klar, dass die ausgeklügelten *attractions* nicht auf die Träume und Sehnsüchte eines einsamen Individuums zielen, sondern auf eine kollektive und totale Faszination, der wir alle nicht nur und nicht erst in den Enklaven von *Mickey the Sorcerer* zu leicht erliegen. Jeder Sportevent, jede Demo, jedes Pop- oder Rockkonzert, jede animierte Wahlversammlung und jedes päpstliche Open Air verklumpen uns genauso.

Zum andern profitieren vom Drang des Menschen, seinem geordneten Alltag zu entfliehen und in engen Kontakt mit einer anderen, verzauberten Welt zu treten, nicht nur die durchwegs harmlosen Attraktionen, die der lebenslang kindlich gebliebenen Fantasie Walt Disneys und der – erzwungen anonymen – Meisterschaft seiner Zeichner und Designer entsprungen sind. Denn überall, wo es gelingt, aus der Alltagswirklichkeit eine Welt im Kleinen zu isolieren, mit klaren Grenzen, genauen Zutrittsregeln und leicht fasslichen Inhalten und Symbolen, die die angeblichen Hauptmängel des Alltags – Ereignisarmut, Orientierungsdefizit und Problemfülle – beheben, kann man des strömenden Andrangs von Glücks- und Hypesuchern sicher sein.

Aus der gewinnträchtig organisierten Welt-Fremdheit, in der der christliche *contemptus mundi*, die Verachtung der Welt, überlebt hat, erwachsen zwei Risiken, die der Besucher beim Verlassen der Traum- und Fantasie-Resorts nicht einfach hinter sich lässt.

Risiko eins ergibt sich aus der Betäubung, wenn nicht der offenen Entwertung des kritischen Bewusstseins. Von einem *Imagineering* verführt, das mit allen Wassern gewaschen und dauernd auf dem Posten ist, Feedback in profitable Verbesserungen der Anlagen überzuführen, fällt man auf eine Stufe des Daseins zurück, auf der man die Illusion aus ganzem, weil kindlichem Herzen für das Wahre und Allein-selig-Machende hält. Gegen Brecht: Man glotzt romantisch – und wie gern!

Wie gefährlich es ist, auf Inszenierungen, Kulissen und allerhand Bluff hereinzufallen und zu werden wie die Kinder, hängt davon ab, wer dahinter steht. In den Disney-Anlagen meldet sich spätestens beim bilanzierenden Blick ins Portemonnaie die harte Realität zurück und schickt die gefakte Magie auf die Deponien der flüchtigen Träume.

Risiko zwei dagegen, gut verborgen in der Tiefe der *Wonders*, *Imaginations* und *Innovations*, ist um einiges nachhaltiger und bedrohlicher. Denn alle nach einem ähnlichen, bis ins Kleinste durchdachten Masterplan angelegten geschlossenen Systeme funktionieren als verlässliche psychotechnische Mechanismen und Maschinen, egal welche Nebelschwaden von Magie durch ihr Inneres ziehen. Wer nur Disneys *Tales*, *Monsters* und *Thrills* verfällt, und sei es fürs Leben, kann noch von Glück reden. Denn leider gibt es, wie die Geschichte lehrt, keine Garantie dafür, dass jeder der so clever organisierten Träume mit einem harmlosen Erwachen endet. Die Macht der dreizehnten Fee dankt noch lange nicht vor jedem Einfaltsprinzen ab, der sich betört an Sleeping Beauty heranschleicht.

Schon Walt Disney hat es seinerzeit darauf angelegt, im Inneren seiner Gehege die Zeit abzuschaffen. „‚In Disneyland', erklärten die PR-Leute, ‚werden Uhren aller Art jede Bedeutung verlieren, denn hier gibt es keine Gegenwart. Hier gibt es nur ein Gestern, ein Morgen und das zeitlose Land der Fantasie.'"[15]

Über Anaheim, Orlando und ihren weltweit installierten Satelliten treiben die Miasmen der Ewigkeit.

Es ist immer nur eine Frage der Konzentration dieses global verbreiteten Schadstoffs, wann die Ge-

---

[15] Findlay: Magic Lands. 1992, Seite 54

hirne derer, die ihn einatmen, von Absolutem, Tausendjährigem oder Auf-Fels-Gebautem zu delirieren beginnen.

IV. Magic Industries

Utopien sind niemals wirklich zukunftsweisend, im Gegenteil. Sie entspringen alle der latenten, leider durchaus berechtigten Angst vor den unvernünftigen Optionen des Homo sapiens. Folglich versuchen sie, häufig in Gedanken und Worten und weniger häufig auch in Werken, das natürliche Wuchern der Gesellschaft in gärtnerisch geordnete Bahnen zu lenken. Als Projekte der sozialen Reduktion und Reaktion fingieren sie blühende Lebensräume, in denen unverdorbene Menschen ihr Heimweh nach Eden ausleben, bevor es noch einen Notausgang hatte. Im Prinzip sind es nur zwei Techniken, die für das utopische Konstrukt Erfolg versprechen, aber nie wirklich bringen: der von A bis Z geordnete Raum und die fintenreiche Manipulation des Erlebens und Wünschens seiner Bewohner.

Wo sich leicht überschaubare Zeichen und das Ziel eines besseren Lebens in einem exklusiven Grundriss zusammenfinden, entsteht leicht die Hoffnung, der bösen Königin Realität den Spiegel vorzuhalten und sie damit zu ärgern, dass es im toten Winkel ihres Monopols eine schneewittchensüße Enklave gibt, in der hinter den sieben Bergen Zwerge und Prinzen kollaborieren.

John M. Findlay überliefert eine (nicht verbürgte) Replik Walt Disneys auf die Bemerkung des Großpredigers Bill Graham, er, Disney, habe da in Anaheim „eine hübsche Fantasie“: „Wissen Sie, es gibt hier keine Fantasie. Das ist sehr real. Der Park ist Wirklichkeit. Die Menschen sind hier natürlich; sie haben hier eine gute Zeit; sie kommunizieren miteinander. Das macht Menschen wirklich aus. Die Fantasie ist außen vor, außerhalb der Tore von Disneyland, wo Menschen Hassgefühle und Vorurteile haben. Das ist nicht wirklich die Wirklichkeit.“[16]

Da es Themenparks als Ausnahmeenklaven mit idealem Anspruch wirklich gibt, läge es nahe, sie den Heterotopien zuzurechnen, die Michel Foucault als soziale Gegenräume ausgemacht, dann aber nur ein Stück weit vermessen hat. „Ich träume nun von einer Wissenschaft – und ich sage ausdrücklich Wissenschaft –, deren Gegenstand diese verschiedenen Räume wären, diese anderen Orte, diese mythischen und realen Negationen des Raumes, in dem wir leben. Diese Wissenschaft erforschte nicht die Utopien, denn wir sollten diese Bezeichnung nur Dingen vorbehalten, die tatsächlich keinen Ort haben, sondern die Heterotopien, die vollkommen anderen Räume.“[17]

---

[16] Findlay: Magic Lands. 1992, Seite 70

[17] Michel Foucault: Die Heterotopien. Vortrag auf France Culture, 7. Dezember 1966. Suhrkamp, Frankfurt a. M. 2005, Seite 11

Welche „vollkommen anderen Räume", welche „Gegenräume" meinte der Heterotopologe in spe? Er ortete sie zunächst als Projekte in der kindlichen Fantasie: „Das ist natürlich der Garten. Das ist der Dachboden oder eher noch das Indianerzelt auf dem Dachboden. Und das ist [...] das Ehebett der Eltern. [...] Auf diesem Bett entdeckt man das Meer, weil man zwischen den Decken schwimmen kann. Aber das Bett ist auch der Himmel, weil man auf den Federn springen kann. Es ist der Wald, weil man sich darin versteckt. Es ist die Nacht, weil man unter den Laken zum Geist wird."[18]

Doch wären Foucaults Heterotopien mehr als nur Tummelplätze für Kinder im Abseits der Volljährigen: „Die erwachsene Gesellschaft hat lange vor den Kindern ihre eigenen Gegenräume erfunden, diese lokalisierten Orte, diese realen Orte jenseits aller Orte. Zum Beispiel Gärten, Friedhöfe, Irrenanstalten, Bordelle, Gefängnisse, die Dörfer des Club Méditerranée und viele andere."[19]

Zum Beispiel Themenparks. 1966, als Foucault seinen Radiovortrag hielt, gab es davon freilich erst einen einzigen, der unter dieser Bezeichnung firmierte, für Foucault kaum als Prototyp erkennbar.

Worüber sich Autoren von prominenten Utopien hinweggemogelt haben, das nimmt auch den Foucault'schen Heterotopien bald ihren anfänglichen

[18] Foucault: Heterotopien. 2005, Seite 11
[19] Foucault: Heterotopien. 2005, Seiten 10f.

Reiz. Weder der Jahwist, der Eden als gelenkte Demokratie vorführt, noch Platon, für den das Gerechte sich mit den Interessen der konservativen Elite deckt, noch Thomas Morus, der sich selbst als Muster für den humanistischen Edelbürger klont und ein Eiland der Opposition gegen Zustände aufbietet, die heillos stärker sind als er, hat je zugegeben, dass es in Wahrheit nie um den imaginierten Menschen an sich geht, hochgerechnet zur Menschheit, sondern immer nur um die bis anhin zu kurz gekommenen Interessen eines Individuums, einer Clique, einer Klasse, einer Partei.

Foucaults angedeutete Heterotopien unterscheiden sich davon höchstens dadurch, dass ihr prospektiver Theoretiker sie unter Vernachlässigung sämtlicher Macht-, Profit- und Ordnungsaspekte in einer Südsee von Naivität ansiedelte, in der er sie, hätte er sein Projekt ernst genommen, eher früher als später selbst versenkt hätte.

Themenparks à la Disney sind höchst passgenau instrumentalisierte Glücks- und Vollkommenheitsgehege, in denen die Fantasie streng beruflich organisiert ist. *We make the magic,* bringt man es bei Disney auf den Punkt: Man braucht Magie, und wir sind ihre Macher. Der Zweck solcher Parks liegt trotz aller philanthropischer Beteuerungen außerhalb ihrer selbst: Getarnt unter künstlich und kalkuliert produzierten Attrappen dienen sie den Interessen ihrer gewinnorientierten Eigner. Sie paktieren zu diesem Zweck nicht nur zufällig oder halbherzig mit der Industrie, sondern unterhalten, was Disney immer emphatisch verbalisiert hat, mit ihr ein symbiotisches Verhältnis. Weil in ihnen angeblich *urbi et orbi* die Weichen für eine bessere Zukunft gestellt werden, suchen die Betreiber bewusst das Sponsoring von Exxon, General Motors, United Technologies, Kodak, MetLife und der Tourismusbranche möglichst vieler Länder. Was denen die Magie-Firma dafür zu bieten hat, ist ein Zertifikat auf Gutmenschentum – für politisch und sozial Reaktionäre nicht wenig.

Das mit allen Möglichkeiten der Werbung propagierte Glück derer, die an den Segnungen eines Themenparks, egal welchen Zuschnitts, teilnehmen, ist immer nur Mittel zum Zweck. Es schmiert ethisch und psychologisch die Maschine, die es angeblich herstellt. Doch weil das Glück nicht einfach ein Wert unter anderen ist, sondern ein Hauptmomentum unseres schwierigen Daseins, ist das in konsequenter Detailarbeit hergestellte Profil eines jeden Themenparks als *Happiest Place On Earth* eine vorsätzliche Täuschung mit gravierenden Folgen.

Wie wenig die Initianten von Themenparks das Wohl des Menschen wirklich im Auge haben, zeigt ihr kommerziell bedingtes Verfallensein an die große Menge und ihr mit den modernsten Waffen der Werbung geführter Einsatz für die astronomische Besucherzahl. Das Individuum zählt als Zahl, Besucher, Mitglied, Fan und Anhänger. Weder der im Fernsehen so zutrauliche Walt Disney, der „Märchenonkel der Nation“, noch ein einziger seiner *Characters* aus der Truppe von Mickey Mouse kommunizier(t)en im Alltag von Anaheim oder Orlando persönlich und unter Ausschluss des Umfelds mit einem einzelnen Besucher, Kind hin oder her. Das besorgen die bis zur totalen, in ihr intimstes Privatleben vordringenden Programmierung trainierten *hosts* und *hostesses* unter Anwendung von auf Punkt und Komma eingetrichterten Verhaltensweisen und Floskeln.

Diese drei Existenzbedingungen des Disney-Themenparks – eine minutiöse Regie bis ins Private, eine unumstößliche Hierarchie und ein enthusiastischer Personenkult – sind seine schwarze Morgengabe an die Zukunft.

In den Massenpferchs[20] von Anaheim und Orlando feiert ein Mythos Urständ, in dessen planvoll erzeugten Nebelschwaden ein Big Brother hauste, der sein Watching auf Hightech-Niveau gehoben und es trotzdem geschafft hat, ein Unschuldslächeln zum Logo seines Labels zu machen. Er hat diese Rolle nicht erfunden. Er ist in ihr gutbürgerlich geblieben; auf sein Konto gehen keine Verfolgten, Gefolterten, Toten. Aber die, denen es auf Verfolgen, Foltern und Töten nicht ankommt, hat er mit dem *Pixie dust* der Harmlosigkeit umzaubert, den unsere Kritik und Kontrolle oft erst durchdringen, wenn es zu spät ist.

---

[20] zur Etymologie: engl. *park*; frz. *parc*; mittellat./gallorom. *parricus* – Gehege; Pferch

V. Der „Erfinder“

Der Prototyp eines Themenparks mit modernen Funktionen dürfte das Projekt des vorderorientalischen Despoten Alaodin gewesen sein, von dem Marco Polo in der zweiten Hälfte des dreizehnten Jahrhunderts, unterwegs nach China, gehört haben will. Die Forschung hat die Legendenversion des großen Reisenden längst fast bis zur Unkenntlichkeit korrigiert. Als *Der Alte* bzw. *Der Meister vom Berge* ist dieser ausgefallene Tyrann aber dennoch die höchst anregende Gestalt geblieben, die hin und zurück die Drehtür durchschreitet, die zwischen Realität und Fiktion rotiert. *È ben trovato*, ein Lob, das schon zählte, gäbe es nicht ein paar historische Restspuren als Zugabe.[21]

Um in der Regionalpolitik mitzumischen, die durch die christlichen Kreuzritter vorübergehend zur

---

[21] Raschid ad-Din Sinan, geboren etwa 1133/35, gestorben 1192, genannt „Der Alte vom Berge“, war ein Sektenführer der ismailitischen Assassinen in Syrien im Vorfeld und zur Zeit des Dritten Kreuzzugs. Er wurde wahrscheinlich im Südirak geboren. Er residierte ab 1164 auf der Burg Masyaf. Später machte er sich vom persischen Stammsitz unabhängig und bediente sich Fida'is, eines zum Sterben bereiten, fanatischen Meuchelmörders, um seine Feinde aus dem Weg zu schaffen (vgl. Wikipedia: *Der Alte vom Berge* bzw. *Raschid ad-Din Sinan*).

Weltpolitik avancierte, war Alaodin, wie Marco Polos ungenannte Quellen wissen wollten, auf die Methode des punktgenauen Terrors verfallen. Doch was dem Herrn auf der westsyrischen Burg Masyaf den Glamour der Genialität verschaffte, waren weniger die belegbaren operativen Erfolge als die originellen Methoden der Rekrutierung und Schulung von Assassinen, jugendlichen Aspiranten auf den Beruf des Attentäters.

Angeblich ließ sich der Muslim Alaodin dabei von Vorstellungen leiten, die ihm seine heiligen Schriften vermittelten. Er wählte ein einsames Bergtal aus und ließ es von seinen Architekten und Designern mit den bekannten Attraktionen eines religiös-literarischen Paradieses ausstatten. Es gab da einen prachtvollen Park voll duftender Blumen, süßer Früchte und genussspendender Kräuter – wie die Ableitung des Wortes *Assassinen* nahelegt, auch weiblicher Cannabispflanzen. Dazu kamen unwirklich schöne Bauwerke, im Inneren mit anregenden Bildern und Ornamenten ausgemalt, und schließlich ein System von Kanälen, die nach paradiesischen, wenn auch nicht ganz korrekt muslimischen Standards neben Wasser, Milch und Honig auch Wein führten.

Selbstredend – auch das im Sinn vordergründig verstandener muslimischer Paradiesideen – engagierte Alaodin das für einen Adults-Only-Betrieb nötige weibliche Personal. Am Eingang des Tales sorgte eine Main-Entrance-Festung dafür, dass man den Ein-

und Austritt der Killer-Azubis genau unter Kontrolle hatte.

Das Management dieser Anlage war einfach. *Talent scouts* suchten im Umland von Mulete (so der Name der Region nach Marco Polo) nach physisch belastbaren Männern, Jugendlichen, aber auch solchen in den besten Jahren, denen man den effizienten Umgang mit einem Dolch zutrauen konnte. Man behandelte sie mit hauseigenem Haschisch und brachte sie bei gedimmtem Bewusstsein in den Paradise Park. Dort konnten sie sich eine Zeitlang ein- und ausleben und der süßen Illusion nachhängen, sich im Himmel zu befinden. Von ihrer politischen und praktischen Ausbildung berichtet die Sage leider nichts. Eines Tages erreichte sie dann der Auftrag ihres Herrn, eine von ihm exakt bezeichnete prominente Persönlichkeit zu liquidieren. Genau bemessene Drogen im Leib schaffte man sie aus dem inszenierten Himmelstal, im Kopf zwei Optionen: im Fall ihres Überlebens dahin zurückzukehren, im anderen Fall vom Schauplatz ihres Todes die Abkürzung ins ewige Glück zu nehmen, die auch bei Christen nur die unsterbliche Seele kennt. Den Disney-Himmel in seiner ganzen, falschen Herrlichkeit vor Augen, riskierten diese *living missiles* freudig und fanatisch, wie nur geschulte Märtyrer das können, ihr Leben.

Natürlich bezeichnete Marco Polo diese Veranstaltung eines „bösen Herrschers“ als Betrug. Das war es tatsächlich, nicht nur, weil sich ein Christ den Himmel anders vorstellte, auch nicht, weil man Glaubensbrüder hereinlegte, die an dieser Schnittstelle von Libido und Pietas keine Chance mehr hatten auszusteigen. Der eigentliche Betrug bestand vielmehr darin, dass Alaodin den kostbaren Gehalt des echten Glücks zynisch auf das Angebot eines Deluxe-Bordells reduzierte. Das Traum- und Lusttal des Meisters vom Berge war ein Verrat an seiner eigenen Religion.

Im *Kitāb al-mi'rāj* (wörtlich: *Das Buch vom Aufstieg*), bei uns bekannt als *Die Jenseitsreise Mohammeds*, einer islamischen Legende, deren verschollene Urfassung im siebten Jahrhundert vermutet wird, ist unter vielem anderen von mehreren Paradiesen die Rede. Der Engel Gabriel, der Mohammed im Auftrag Allahs durch die sieben Himmel vor dessen Thron geleitet, unterschlägt unterwegs keines der Wunder der blühenden Landschaften der Transzendenz, bewahrt aber als überlegener Didaktiker den irdischen Reisenden vor der Falle der Banalität. „Manche Menschen", sagt Gabriel, „behaupten, es gebe nur ein einziges Paradies. In Wahrheit aber bedeutet Paradies nichts anderes als einen Anlass zur Freude. Gott hat jedoch ganz verschiedene Arten der Freude geschaffen und wählt für jeden seiner Gläubigen eine davon nach Verdienst."[22]

[22] Edeltraud Werner: Liber Scale Machometi. Die lateinische Fassung des Kitāb al mi' rādj. Einleitung. Edition. Glossar. Droste, Düsseldorf 1986, Seite 174. In: Studia humaniora. Düsseldorfer Studien zu Mittelalter und Renaissance. Hg. v. Wilhelm Busse et al., Band 4

Diese human-religiöse Tiefe hat der Alte vom Berge bewusst außer Acht gelassen und einen kitschigen Himmel profanen Amüsements kreiert. Aus diesem Himmel heraus ließen sich seine animierten Opfer, die von ihrem Alltagsleben draußen wenig bis nichts erwarten konnten, als menschliche Hellfire-Raketen auf präzis angepeilte Objekte dirigieren, auf konkurrierende Warlords in der Region und Exponenten der Ungläubigen in Askalon, Akkon und Jerusalem.

Wenn nichts gegen die Verwandlung in einen Theme Park gefeit ist, wie Sieglinde Geisel formuliert hat, liegt das sicher an den bis heute unabgeschlossenen Erfolgsgeschichten der beiden Disney-Projekte Anaheim (1955) und Orlando (1971). Anderseits hätte auch die auf allen Klaviaturen gespielte Werbung der Disneys nicht einen solchen totalen Sieg eingefahren, wenn es den Themenpark nicht bereits *avant la lettre* gegeben hätte. Denn die vorurteilsfreie Analyse einzelner Merkmale des Disney-Projekts regt historische Vergleiche an, die über den Bereich der Unterhaltung, wie wir sie heute verstehen, hinausführen. Dabei kommt ein Masterplan der Attraktion in den Blick, der zu der Annahme drängt, der Mensch lasse sich überhaupt nie auf etwas ein, was keine Unterhaltung verspricht. Das nach Goethe ewige, will sagen: zwanghafte Spiel von Gestaltung und Umgestaltung treibt seine Teilnehmer dabei in Bereiche jenseits von Gut und Böse. *Dass* etwas läuft, ist nachweislich meistens wichtiger als *was*.

Die beiden Angriffe auf Würde und Moral des Menschen zeigte schon das Modell des *Senex de Montanis*: Es gaukelte seinen tumben Helden eine Institution des Heils vor, ohne zu verraten, wie einfach man ganz normale Menschen dazu bringt, ihr zu erliegen. So gesehen beutet das Themenpark-Modell unsere uralte Sehnsucht nach einem Idealzustand auf Erden aus und versetzt die Arglosen dieser Welt in die Rolle von begeistert Manipulierten, die dafür auch noch gerne bezahlen. „Glück" haben dabei die Legionen, für die das bloß 150 Dollar für Mutter, Vater, Kind und Auto pro Tag bedeutet, nicht inbegriffen Verpflegung und Souvenirs.

VI. Mowgli stört

Soll es irgendwo ideal zugehen, was so viel heißt wie: in Richtung auf den besseren Menschen und eine bessere Welt, werden Kinder zum Problem. So einfach sich die Sache biologisch auch darstellt, der permanente Zustrom von uterinen Immigranten inspiriert Ordnungsmächte mit Optimierungsagenten zu besonderen Vorkehrungen. Die meisten davon fallen unter „Erziehung".

Kinder haben vieles, was uns nicht in den idealistischen Kram passt. So gern wir es anders hätten, ihre Zuwanderung ist nur begrenzt plan- und steuerbar. Sind sie erst einmal da, fangen sie eigensinnig bei Bio-Null an, bleiben in vielem buchstäblich unverbesserlich und haben, anders als wir selbst, das ganze Leben noch vor sich, also provozierend viel Zeit und Zukunft.

Auch in Parademokratien kommt man mit ihnen nur sehr schwer auf einen grünen Zweig. Also redet man, als hätte man nichts als ihr Bestes im Sinn, von rechts her über individuelle Perspektiven und Kompetenzen, von links über kollektive Tageskrippen und Ganztagsschulen. Und trifft sich scheinheilig nach getrenntem Marschieren zum vereinten Schlagen. Denn eigentlich weiß man es: Kinder sind zwar die Zukunft, doch in erster Linie ihre eigene, nicht unsere.

Wie nicht anders zu erwarten, hatte man auch in Themenparks die soziale Peinlichkeit, genannt Kind, nicht von vornherein im Griff. Den lieben Mowgli aus dem Dschungel zu holen und in Disneyland als Musterknaben frei herumlaufen zu lassen, wäre niemandem je in den Sinn gekommen.

Also musste man sich wohl oder übel an die Quadratur des Zirkels machen, die darin bestand, dass es ohne Kinder nicht geht, obwohl Kinder kein Geld haben. Um sie gleichwohl in die Lage zu versetzen, ökonomisch etwas herzugeben, nämlich als informelle Agenten des Parks, musste man der Familie als sozialem Ur-Team ein paar neue Reaktionen beibringen.

„Beobachter redeten oft so, als brächte das Fernsehen in erster Linie junge Leute dazu, ihre Eltern zu überreden, mit ihnen nach Disneyland zu gehen. Diese Vorstellung stimmte mit der Wahrnehmung überein, wie sie von den PR-Leuten gefördert wurde, nämlich dass der Themenpark für Kinder sei, oder doch für solche, die jung im Herzen geblieben waren. Und tatsächlich musste Disneyland in gewissem Sinn kindgerecht sein, wenn es Erholung von den Erwachsenenproblemen der Welt draußen bieten sollte. Doch wie es ein Kolumnist ausdrückte, war Disneyland ‚ein Wunderland für Kinder, kunstvoll abgestimmt auf den Geschmack von Erwachsenen‘. [...] Walt Disney hat diese ökonomische und psychologische Realität von Anfang an begriffen. Kurz bevor der Park öffnete, sagte er voraus, dass 80 % seiner Besucher Erwachsene sein würden, und in den ersten fünf Jahren überwogen die Erwachsenen die Kinder im Verhältnis vier zu eins. Disney […] erklärte schlicht: ‚Wir konzipieren nicht für Kinder […]. Wenn die Erwachsenen den Park mögen, werden ihn auch die Kinder mögen.'"[23]

Der scheinbare Widerspruch, für Kinder zu konzipieren und Erwachsene zu meinen, ist eine beliebte und bewährte Methode, Herrschaft zu stabilisieren. Sie wird nicht von außen und auffällig an die Beherrschten herangetragen, sondern unbemerkt aus ihrem Innersten hervorgeholt. Sie zielt verdeckt auf das „Kind im Mann", bedient es mit betörenden Bildern, redet kritisches Denken als intellektuell, abstrakt und elitär schlecht und empfiehlt ihm die warmen Wonnen der Gemeinschaft als Ziel des Lebens und Bedingung des Glücks.

Es ist diese penetrant beschworene und beworbene zeit- und geschichtslose Nestwärme des infantilen Kollektivs, in der das Ei ausgebrütet wird, aus dem der Geliebte Führer kriecht.

In der berühmten Spekulation Iwans, die unter dem Titel *Der Großinquisitor* ein literarisches Eigenleben innerhalb von *Die Brüder Karamasow* (Buch V, Kap. 5) führt, demonstriert Dostojewski den fatalen Zusammenhang von Allmachtsfantasien und zyni-

---

[23] Findlay: Magic Lands. 1992, Seite 80

schem Menschenbild ideologisch tickender didaktischer Eliten:

„Wir [der Klerus] werden ihnen [den Gläubigen] beweisen, daß sie Schwächlinge, daß sie kleine klagende Kinder seien, dass aber kein Glück so süß sei wie eben das Glück der Kinder. Sie werden zaghaft werden und zu uns hinaufblicken und sich an uns schmiegen in ihrer Furcht wie die Küchlein an die Henne. [...] Ihr Geist wird zaghaft werden, und ihre Augen werden sich mit Tränen füllen wie die Augen der Kinder und Weiber; aber leicht werden sie auf einen Wink von uns zur Heiterkeit und zum Lachen übergehen, zu heller Freude und glückseligen Kinderliedern. Gewiss, auch wir werden sie zur Arbeit anhalten; aber in den arbeitsfreien Stunden werden wir ihnen das Leben wie ein Kinderspiel gestalten, mit Kinderliedern, Kinderchören und unschuldigen Tänzen."

So gründlich, wie Walt Disney den Themenpark mit Baggern und Bulldozern aus der realen Umgebung von Anaheim heraussezieren ließ, dass er schließlich im gewünschten Nirgendwo lag (jedenfalls eine Weile lang), so perfekt scheint es ihm und seinen Ideologen gelungen zu sein, eines der hintergründigsten Projekte der Nachkriegszeit aus dem kritischen Diskurs herauszuhalten, die Geringschätzung der Meisterdenker listig zu bedienen und einem Millionenpublikum vorzugaukeln, es gehe um nichts anderes, als sich am *Glücklichsten Ort auf Erden* auf einem

Niveau zu amüsieren, das himmelweit über dem der Luna Parks dieser Welt liegt.

Wo immer aber mit aller missionarisch-medialen Wucht Projekte in Gang gesetzt werden, in deren Mitte sich das schillernde Wort *Glück* breitmacht, täte der kritische Augenzeuge gut daran, sich an den trojanischen Priester Laokoon zu erinnern. Der römische Dichter Vergil ließ ihn, als die Bürger Trojas in ihrem begreiflichen Glücksrausch die Mauern ihrer Stadt *und* ihrer Vernunft einrissen, um das Todespferd des Odysseus einzulassen, jenen Satz ausrufen, den sich die Nachwelt als Maxime gesunder Skepsis für alle Zukunft hätte einprägen sollen: „Was immer es ist, ich fürchte die Griechen, auch wenn sie Geschenke bringen."[24]

Die Götter, ein nicht über jeden Zweifel erhabenes Management, hielten so viel eigenständiges Denken für unangebracht und ließen den priesterlichen Skeptiker publikumswirksam durch ein Paar Schlangen des Poseidon liquidieren – die Söhne auch gleich mit, in der begründeten Befürchtung, die Anlage zum Denken könnte sich vererbt haben.

[24] Aeneis II, 49

VII. Moralische Anstalt

Das mental-moralische Upgraden der Besucher war für Walt Disney die Folgerung aus seinem felsenfesten Glauben an die technische Innovation. Auch über seinem letzten, leider zu spät gestarteten Epcot-Projekt (1965) leuchteten die Sterne von Exxon, General Motors, United Technologies, MetLife, Kodak und anderen industriellen Galaxien. Und da sie (außer Kodak) nie erloschen sind, leuchten sie noch heute.

Die Quelle, aus der sich das *Theming* eines angeblich so neuen Parktypus speist, ist paradoxerweise die Geschichte. Nicht irgendeine, sondern genau die Strecke zwischen Gestern und Morgen, auf der der amerikanische Patriotismus *from sea to shining sea* seine Fast-Food-Nahrung findet. Wie bereits erwähnt, sollte Disneyland ein zeitloses Land der Fantasie sein, ohne Gestern, Heute oder Morgen, ein Land, in dem alle Uhren überflüssig sind. Der Amerikaner, vom Disneyismus zum *Besseren Amerikaner* bestimmt, dürfte unterwegs zur Haunted Mansion, der Geistervilla am Liberty Square, kaum eine andere innere Veränderung fühlen als die der Ungeduld und Vorfreude, mit der jede der zahllosen *attractions* ihre Konsumenten in Trab hält.

Doch besser so. Denn in die große Geschichte, wie sie „eigentlich gewesen“ (Leopold von Ranke), führen die perfekt ausgeschilderten Wege der Disneyparks und ihrer Nachfolger so wenig wie die bereinigten Straßen auf Utopia, in der Città del Sole oder auf Bensalem. Das Unverständliche, Sprunghafte, Ungerechte, Schmutzige, Bedrohliche, Widersprüchliche, pausenlos Tödliche der Realgeschichte löst sich beim vorprogrammierten Riding, Dining und Shopping zwischen verkitschten *reenactments* und technisch-industriellen Realfantasien spurlos auf.

Doch hat der zum Programm erhobene Fortschrittsglaube den Disneyparks umgehend ein Problem beschert, dem keiner entgeht, der auf ein Brave New Tomorrow setzt: die Rückkehr der mit viel Aufwand vertriebenen Geschichte durch den Hintereingang.

„Von allen Quartieren innerhalb des Parks bereitete Tomorrowland dem Management die meisten Probleme, weil es laufend von der Entwicklung überholt wurde. Zwischen 1964 und 1967 setzte die Company großartig verkündete zwanzig Millionen Dollar ein, um Tomorrowland abzureißen und neu aufzubauen. Bei der Rekonstruktion nahm sie ihre eigene Begeisterung für Atomkraft und Weltraumfahrt zurück. [...] Das Schicksal von Tomorrowland war so bedroht, weil es Disneylands Mangel an Kontrolle über die Zukunft so überdeutlich machte. Der Erfolg des Themenparks beruhte auf der totalen Kontrolle seiner Welt, aber die Zukunft verweigerte die Zusammenarbeit und zwang so den Park, laufend Anpassungen vorzunehmen."[25]

Im Gegensatz zu Coney Island, das selbst eine deftige, mit grotesken und kriminellen Kapiteln gespickte Geschichte *hat*, ist die Geschichte à la Disney, hervorgegangen aus der Filmlogik von Burbank, nur *inszeniert*. Und das mit Blick auf ein Massenpublikum, das, zu Gange in *God's Own Country*, an die konvulsivischen Ups und Downs der realen Geschichte nicht denken *will* oder, weil zu jung, noch gar nicht denken *kann*.

Natürlich gab man, so peinlich man sonst die Wünsche seiner Klientel berücksichtigte, die Geschichte als Fundus für Geschichten nicht einfach auf. Man holte auch nicht, als ob es bloß harmlose Kinderbücher wären, *Grimms Märchen*, *Tom Sawyer*, *20.000 Meilen unter dem Meer*, *Alice im Wunderland* und *Das Dschungelbuch* aus dem Regal. Der wahrscheinlichste Grund dafür: Disney hat die Disneyisierung der Geschichte nicht erfunden, sondern wie so häufig nur Vorgefundenes aufgegriffen und, illuminiert mit Magie-Rhetorik, in einer Epoche etabliert, die angeblich an multipler Entzauberung (Max Weber) litt.

Es gibt bekanntlich viele Gründe und Methoden, sich mit Geschichte zu befassen. Mehr oder weniger nachvollziehbar beruhen sie alle auf Ciceros damals schon widerlegtem und für ihn selbst tödlichem Optimismus, die Geschichte sei die Lehrmeisterin der

---

[25] Findlay: Magic Lands. 1992, Seite 71

Gegenwart. Nur hat die Idee, die Vergangenheit bilde quasi einen didaktischen Gym-Raum, in dem wir uns die Fitness für die Zukunft antrainieren können, den Nachteil, davon abzulenken, dass niemand das wirklich *will*. Ansonsten hätten wir, um nur ein Beispiel herauszugreifen, nach Alexander von Makedonien im dritten Jahrhundert vor Christus keine Eroberungskriege der Nonsens-Klasse mehr gesehen.

Wie aber und durch welche Hintertür kommt die Geschichte in ein System zurück, das sich anheischig macht, Uhren alles Art zu erübrigen und die triste Gegenwart hinauszukomplimentieren?

Disneyland ist ein Nebenprodukt des Films, was natürlich nicht ohne Folgen für das Geschichtsbewusstsein der wahl-, job- und waffenfähigen Jahrgänge bleibt, die unsere Zukunft bereits eisern in Händen halten. „Die Techniken und Geschichten, die in Anaheim ihren Einfluss geltend machten, wurden in den Disney Studios von Burbank entwickelt und perfektioniert. Dort wurde auch der Themenpark konzipiert. Die Spezialisten […] brachten ihre Erfahrungen in der Filmproduktion in das dreidimensionale Setting des Themenparks ein.“[26]

Der populäre Film à la Hollywood aber ist ein paradoxes Erbe des frühen zwanzigsten Jahrhunderts. Er wirft uns, ganz nach Walt Disneys Gusto, permanent in den Konflikt zwischen Gut und Böse, hält jedoch dem Massen- und Kassenerfolg zuliebe immer

---

[26] Findlay: Magic Lands. 1992, Seite 68

einen exakt kalkulierten Abstand zur Realität. Eben dadurch entzieht er uns den Boden für belastbare Wertungen und Urteile. Mehr als *winning* versus *losing* und *sympathisch* versus *unsympathisch* bleibt da von dem Gegensatz nicht mehr übrig, in den angeblich bereits Gott unsere darauf so gar nicht vorbereiteten Ureltern drängte. Der Rest ist, wenn nur die Gags stimmen, Lachen. „Walt Disney war sehr stolz auf die Fähigkeit seiner Filme, den eindeutigen Triumph des Guten über das Böse hervorzuheben. Er wünschte weder Zweideutigkeit noch Widerspruch in seinen Filmbildern, und er ärgerte sich über alle modernistischen und akademischen Typen, die darauf bestanden, die dunklere Seite an den Geschichten wahrzunehmen, die er erzählte. Der Anaheim-Park versuchte in ganz ähnlicher Weise, eine unverfälscht rosige Sicht auf die Welt zu bieten."[27]

Wer aus ihr in den Alltag zurückkehrt, tut das nicht als der bessere Mensch, der nach einer Lieblingsformel Disneys „mehr er selbst"[28] geworden ist. Er ist bloß durch filmisch konzipierte Rides und Shows hindurch in ein imaginäres Jenseits von Gut und Böse geraten, aus dem er sich spätestens draußen auf dem Parkplatz schon wieder vertrieben sieht.

Es sind immer vermeintliche oder echte Malaisen und Miseren, die uns zur rechten Zeit Modell- und

---

[27] Findlay: Magic Lands. 1992, Seite 69
[28] z. B. Findlay: Magic Lands. 1992, Seite 76

Musterdenker bescheren. Die Geschichte hat sie praktisch alle widerlegt, aus unserem Gedächtnis zu tilgen sind sie leider nicht. Wie jedes soziale Vorzeigeprojekt sucht sich auch der Disneyismus unter den vielen Zugriffsmöglichkeiten jene aus, die ihm den größten und schnellsten Erfolg versprechen. Zeitgenossen mittels Attractions, Dining und Shopping bei Laune zu halten, ist ein relativ leicht erreichbares Ziel. Doch ganz aus der Haftung für ihre hehre Ansage, besagten Zeitgenossen zu zeigen, wie man es „besser" macht, kann man die Konstrukteure des *Happiest Place On Earth* dann doch nicht entlassen. Dazu ist und bleibt es zu deutlich, was für gravierende Defizite in der mit prophetischem Gestus gescholtenen Umwelt sie außer Acht gelassen haben.

„Das Disney-Programm schenkte vielen [...] städtischen Krisen praktisch keine Beachtung, einschließlich solcher, die die Nation während der ersten Planungen für Epcot bedrängten: der afroamerikanische Aufruhr in den Städten quer durch das Land oder die Probleme der Slums und Ghettos, des Gesundheitswesens, der Armut und Arbeitslosigkeit. Zweifellos erwartete Disney von Epcot, dass es Lösungen für manche dieser Probleme anregen würde; aber die waren nicht unter denen, die er für die allerwichtigsten hielt. Tatsächlich war sein Ansatz beziehungsweise der Ansatz der Company bei der Stadtplanung, größten Wert auf Hightech und Design zu legen, völlig ungeeignet, die Problemlage in den Städten wirklich in den Griff zu bekommen."[29]

Leider sind derlei aufgemachte Rechnungen so ziemlich das Letzte, was Heilsbringer aus der Ruhe bringt. Wo, wann und in welchem Kostüm auch immer der Disneyismus *avant la lettre* aufgetreten ist – und er ist es ungleich öfter, als unsere Schuldummheit es wahrhaben will –, hat er sich durch Techniken ausgezeichnet, alles zuzudecken oder durch methodische Propaganda aus dem Blickfeld zu drängen, was Anlass zu denken, zu leiden oder zu kämpfen hätte geben können.

[29] Findlay: Magic Lands. 1992, Seite 106

VIII. Der Pandora-Befund

Fühlt sich jemand zum Heilsbringer berufen, ist seine erste Amtshandlung die Verteufelung der Welt, und seine zweite, seine Anhänger davon zu überzeugen, es sei umgekehrt gelaufen. Man übersieht das gerne, aber alle unhaltbaren Vollkommenheitsideen haben Autoren, die von nichts anderem überzeugt sind als von sich selbst und der absoluten Stringenz ihrer Ideen. Die Elite unter ihnen ist von der Gewissheit durchdrungen, den unmöglichsten aller Aufträge, die Generalüberholung der verdorbenen Welt, *von oben* erhalten zu haben.

Ähnlich wie die Genesis versucht es auch der griechische Pandora-Mythos mit einer eindeutigen Schuldzuweisung dafür, wie und warum alles Übel in die ursprünglich heile Welt kam. Und beide Male macht es sich der sexistische Reflex sehr leicht, indem er in der einen Kultur alles einer Schlange ex machina, in der anderen einer Lolita aus dem Hause Zeus aufhalst, die dem Herr-Gott und dem Mann-Mensch ins Paradies pfuscht.

Die Welt ist, wie sie ist, nicht in Ordnung. Hugo von Hofmannsthal ist auf der sicheren Seite, wenn er im *Jedermann* den resignierten Teufel abgehend bilanzieren lässt: „Die Welt ist dumm, gemein und schlecht / Und geht Gewalt allzeit vor Recht, / Ist einer redlich, treu und klug, / Ihn meistern Arglist und Betrug." Unüberhörbar ein Echo auf Heinrich Heine: „Die Welt ist dumm, die Welt ist blind, / Wird täglich abgeschmackter!" Dabei wirken dichterische Statements der Neuzeit einigermaßen betulich gegen die Vorstellungen, die das streckenweise christliche dreizehnte Jahrhundert über Frau Welt entwickelt und an den Sakralbauten zu Straßburg und Worms auch plastisch deponiert hat: von vorne, aus männlich-ritterlicher Sicht, Sex-Appeal pur, von hinten, aus geistlicher Perspektive, ein Best-of aller damals gängigen Scheußlichkeiten: Pestbeulen, Eiterfluss, Kröten, Schlangen.

Wie Walt Disney, ein Undercover-Pandorist, huldigen Heilsapostel grundsätzlich der Unsitte, für das Verpfuschte der sozialen Realität, das ja niemand ernsthaft bestreitet, ganz konkrete andere verantwortlich zu machen. *L'enfer, c'est les autres*[30] (Sartre) – die bekannte Larmoyanz von Begnadeten, die sich gern als die Einzigen darstellen, die genau wissen, was sie tun. So wird, was eigentlich bloß ein Kontrastbild wäre, handkehrum zum Feindbild, das vieles inspiriert, was Schlangen und Pandoren relativ lieb aussehen lässt.

Es sind oft biografische Zufälle, die Weltverbesserer auf das stoßen, was sie nervt und zur Flucht ins

---

[30] *Die Hölle, das sind die anderen.* Aus dem Drama *Geschlossene Gesellschaft*, 1944 uraufgeführt

Heil veranlasst. Darum gibt es exakt so viele bessere Welten, wie es Utopisten gibt. Wie Platon den überbordenden Pluralismus seiner Zeit- und Sprachgenossen durch nivellierende Ideen zu deckeln versuchte, sortieren alle New-World-Designer aus dem realen Durcheinander an Negativem das heraus, was sie brauchen, um dagegen zu sein. Gegen alles gleichzeitig anzutreten, nähme dem Angriff die Spitze. Wer uns erleuchten will, entwirft für sich zuerst ein schwarzes Konzept. Wie in Evangelien und Hollywoodfilmen muss dabei jedem absolut klar sein, wer die anderen und das heißt: die Bösen sind.

Die Wunderwaffe gegen Pandoras Agenten sind für die Guten und erst recht für die Superguten ihre Ideale. So gesehen sind alle Ideale in erster Linie Opposition, Strategie, nicht selten auch gnadenlose Polemik. Es *gibt* sie nicht als selbstständige Realitäten. Sie sind die erklärlichen und verständlichen, ins Format von Fiktionen überführten Reaktionen auf einen negativen Weltbefund.

Platon, der führende Programmatiker des Idealismus im Abendland, hatte mehr als genug biografisches Material, auch ohne das Trauma des Justizmords der Athener an seinem verehrten Lehrer Sokrates, um dafür den Menschen in einen lichtlosen Stollen, verharmlosend Höhle genannt, hinunterzufantasieren. Die Ansage: So ist das Leben! Aber zum Glück, so Platon, gibt es eben nicht nur Menschen, sondern auch Eliten. Und für sie ist der Anblick der Sonne reserviert.

Dante Alighieri, zutiefst verletzter und von den Florentinern an Leib und Leben bedrohter Christ, hat den platonischen Gestus nach den großen Kapiteln *Inferno* und *Purgatorio* umgesetzt. Mit Licht beginnt, von Licht handelt und mit Licht endet die Schilderung des Paradieses. Vom Höhlen- zum Höllengleichnis ist es kein allzu weiter Weg.

Doch haben beide, Denker und Dichter, die sie waren, ihre Vision nicht zu praktischem Leben erweckt. Sie haben wie viele ihres Schlages und Genies bleibende Werke hinterlassen, aber nicht den Ansatz einer Bewegung. Man kann sie lesen, wenn man will, finden, wie man will; kann etwas gegen sie *haben*, aber nie gegen sie *sein*. Sie haben nachhaltig und tiefgründig gewirkt, aber nichts organisiert, keine Statuten erlassen, keine Anhänger geworben, kein Blut vergossen oder Städte vernichtet, keine Nachfolger erkoren.

Doch nicht alle, die der Welt mit Idealen gegenübertraten, begaben sich ins verführerische Abseits der literarischen Allegorie. Ausgehend vom Befund, dass das Schlechte der Welt sich an ihrer Erstarrung erkennen und ermessen lässt, lag das Heil für sie immer in einer Bewegung. Das chaotische Risiko für solche selbsternannten und/oder fremdbestimmten Führer drängte sie zur Einführung und laufenden Neuausrichtung stabilisierender Strukturen. Am schönsten gedeihen Ideale im Inneren publikumswirksamer Inszenierungen.

Eine solche Inszenierung, beileibe nicht die einzige, auch nicht die erste und schon gar nicht die nachhaltigste, sind die Themenparks von Disney & Company, in Stellung gebracht gegen *The World according to Walt.* „Disneyland stellte eine Kritik im kalifornischen Geiste dar, nicht nur an den spezifisch urbanen Modellen der Ostküste, sondern auch allgemein an gewissen Strömungen in der amerikanischen Zivilisation, die die Städte im Osten gefördert hatten. […] Den Leuten war jeder Sinn für Spontaneität und Spiel abhandengekommen. Der durchschnittliche Bürger, so behauptete er [Walt Disney], sei ‚ein Opfer der Zivilisation, deren Ideal der unbewegte Mann mit Pokerface und die attraktive, coole Frau sind'."[31]

Auch wenn Disney sich auf Coney Island einschoss, stand es für ihn immer auch – oder vor allem – als Exempel für „eine Umwelt von extremen Temperaturen, dichtem Verkehr und industriellem Rauch und Schmutz, lauter Realitäten, die aus Sicht von Disneyland ein Fluch waren"[32].

Der Themenpark als Lösungsangebot plus Ideologie mogelte sich, wie schon gesagt, um die weitaus gravierenderen Missstände der angeklagten Zivilisation herum. Besagtes Manko an konkretem, lösungsorientiertem, sprich: politischem Reformimpuls übertönte der Disneyismus nach guter alter Heilsbringer-Art, indem er die Musik religiös spielen ließ.

„Die Werbeverantwortlichen des Parks haben ihn wirklich, abgesehen davon, dass sie ihn als Flucht aus

[31] Findlay: Magic Lands. 1992, Seite 67
[32] Findlay: Magic Lands. 1992, Seite 66

der chaotischen Welt der Gegenwart anpriesen, als ein Musterprojekt empfohlen, dem die Gesellschaft nacheifern sollte. Trotz seiner impliziten Kritik an der Gegenwart erhielt sich Disneyland sein Vertrauen in Amerikas Fähigkeit (und vor allem in die Fähigkeit der Industrie, die neue Technologien hervorbrachte), den Weg in ein besseres Zeitalter zu ebnen."[33]

So richtig sozialreformerisch zupacken, sich die Hände dabei schmutzig machen und allenfalls auch die Finger verbrennen wollte der Saubermann, der aus den Studios kam, natürlich nicht. „Walt Disney erkannte die ‚Krankheiten alter Städte', aber er wollte Epcot nicht in ihrer Nähe errichten. Lieber, als sich dort [...] einzusetzen, wo die urbanen Probleme extrem akut waren, argumentierte er, dass es nötig sei, ganz von vorne auf jungfräulichem Land zu beginnen. Statt die Probleme dort zu lösen, wo sie lagen, schien es [ihm] oft logischer, zu neuen Territorien weiterzuziehen, wo eben diese Probleme nicht existierten, und dort eine ‚Stadt auf dem Hügel' zu bauen, von der andere lernen konnten."[34]

Exakt nach Matthäus: „Ihr seid das Licht der Welt. Eine Stadt, die auf einem Berg liegt, kann nicht verborgen bleiben" (5,14). Die im engeren Sinn urbanistischen Projekte, die Siedlung Country Walk im südlichen Dade County in den Achtziger-Jahren und das 1994 in Betrieb genommene Celebration,

---

[33] Findlay: Magic Lands. 1992, Seite 70
[34] Findlay: Magic Lands. 1992, Seite 106

wenige Meilen südlich der WDW-Resorts, taugen beide überhaupt nicht als weithin leuchtende Beispiele, auch wenn man für sie im flachen Florida noch so hohe Hügel aufgeschüttet hätte.[35]

Das Publikum strömte und strömt den Mouse-Ghettos zu, doch nicht, weil ihm von Anaheim und Orlando her ein Licht erschienen und damit die Energie zugewachsen wäre, etwas gegen die „Krankheiten aller Städte" zu tun. Es konsumiert die Rides, Wonders, Shops und Inns ohne jede Einführung ins ausgefeilte *Disney thinking*. In seiner genuinen Verlorenheit in den Weiten des Kontinents und ratlos vor den traumatisierenden Ereignissen zu Hause und in der Welt zahlt der Durchschnittsamerikaner bis heute nur zu gern und nicht zu knapp dafür, in einer von netten Feen, Elfen, Gnomen, Prinzessinnen, Monstern und täglich tausenden von Gleichgesinnten bevölkerten Welt im Kleinen Zuflucht vor der verfluchten Schlange und Pandoras quälenden Gaben zu finden.

---

[35] Dazu Näheres z. B. bei Carl Hiassen: Team Rodent. How Disney Devours the World. Ballantine Books, New York 1998, und bei Andrés Duany: The Celebration Controversies. In: INTBAU Essays I, 8, London 2004

IX. Die Mutter aller Strukturen

„Der Name des Themenparks wurde rasch zu einem allgemeinen Begriff. Schon um 1956 bezeichnete er jedes fantastische oder ausgefallene Stück Land – ein Never-never-Land. ‚Disneyland' bezeichnete auch ‚jedes ausgedehnte, von lebhaftem Treiben erfüllte Gelände, das für seine farbenfrohen Attraktionen bekannt war', ‚eine größere oder kleinere Örtlichkeit der Illusion'. [...] Anwendungen des Begriffs breiteten sich unaufhaltsam aus. Seit der Themenpark als ein Ort der Freude für Kinder beworben wurde, schien es ganz normal, diesen Namen auch für andere Plätze zu benutzen, die andere Gruppen bedienten. Die Wendung ‚Disneyland für Erwachsene' wurde aufgeboten, um etwa Hugh Hefners Playboy Clubs oder die Spielcasinos von Las Vegas zu bewerben und ihr Image zu verbessern. Qualifizierte Beobachter nannten Sun City, Arizona, eine ‚Disneyland-Residenz für alte Leute' und das Astrodom von Houston ‚Disneyland des Baseball'. [...] Nicht alle Anwendungen der Metapher waren vorteilhaft. Mit der Zeit begann man Disneyland mit negativen Eigenschaften ebenso zu verbinden wie mit positiven. So kritisierten Umweltschützer im Nordwest-Pazifik Touristenattraktionen in Naturregionen, indem sie sie mit Disneyland verglichen. […] Disneyland inspirierte eine Terminologie abseits des Gebrauchs seines Namens als eine Metapher für andere Orte.“[36]

Erfolge dieser Größenordnung sind nicht einfach normal. Aus den Initiativen eines Unternehmers und der Gunst der Marktlage allein erklären sie sich ein Stück weit und nicht weiter. Um alles Vergleichbare hinter sich zu lassen, brauchen sie weder einen besonders glanzvollen Start noch eine einmalig steile Erfolgskurve vorzuweisen, im Gegenteil: Weil sie aus einem unübersichtlichen Set von Faktoren heraus starten, die von niemandem in ihrer ganzen Bedeutung realisiert werden, provozieren sie im Nachhinein prompt die ungläubige Frage, wie es denn dahin kommen konnte. Eine Frage, die bekanntlich massenhaft Statements und Literatur hervorbringt, aber nie eine überzeugende Antwort. Was unter anderem auch daran liegt, dass wir alles Bedeutende nur zu gern dem Bereich der hehren Kultur zuschlagen. Hätte Walt Disney zu den 25 Oscars (zu Lebzeiten) und 36 Nominierungen noch einmal so viele dazugewonnen, wäre trotzdem nie jemand auf den Gedanken gekommen, ihn für seine einschlägigen Leistungen dem norwegischen Komitee für den Friedensnobelpreis vorzuschlagen. Nicht einen Typen, der seelenruhig von sich behauptete, *Corn* zu produzieren, sozusagen Kraftnahrung für unbedarfte Massen.[37] Noch

[36] Findlay: Magic Lands. 1992, Seite 52f.

[37] vgl. Velan/Jungk, 2001

zynischer brachte es sein langjähriger Generalmanager und Intimus Jack Sayer auf den Punkt: „Culture will kill you.“[38]

Bei allen Beteuerungen Disneys, Parkbesuchern zu einem gesteigerten Selbst(wert)gefühl zu verhelfen, hat dieser „unendlich ungebildete Mann“[39] sicher nicht an die herkömmlichen Kulturtechniken gedacht, mit denen sich die pädagogische Klasse normalerweise ans Werk der Veredelung unserer Spezies macht. Chefdesigner John Hench zitiert ihn mit dem Postulat, man dürfe die Leute nicht merken lassen, dass man zu ihnen spreche; vielmehr müsse man Verständnis dafür gewinnen, wie Menschen funktionierten; sie wollten nämlich Unterhaltung, keinen Vortrag darüber.[40]

Die Verbindung dieses hochfliegenden Anspruchs mit einem betonten und (jedenfalls in Amerika) durchaus nicht unpopulären Antiintellektualismus, der auf alles pfeift, was die Weltkulturen im Lauf vieler Jahrhunderte zu diesem Thema herausgefunden haben, ist weder die Besonderheit, erst recht nicht die Erfindung des Walter Elias Disney aus Chicago, Illinois. Aber auch nicht seine Lebenslüge. Denn tatsächlich ist der lange Marsch durch Bibliotheken und Seminare nicht der Königsweg zum Verständnis des

---

[38] vgl. Findlay: Magic Lands. 1992, Seite 86
[39] Velan/Jungk, 2001
[40] vgl. Findlay: Magic Lands. 1992, Seite 86

Menschen, schon gar nicht, wenn man ihn verändern und dann noch von ihm profitieren möchte.

Aufs Ganze seines Lebens gesehen, lässt sich Mickey Mouse, „der kleine, von dem großen Künstler und Meister gezeichnete Held von gewaltiger, allumfassender, internationaler und altersunabhängiger Popularität", so der gutgläubige Sergej Eisenstein in einem Essay von 1940[41], durchaus als der mystagogische Gnom ausmachen, an dessen Hand Walt Disney durch alle Irrungen und Wirrungen der deprimierendsten Dekaden des Jahrhunderts in sein Nevernever-Land an der Peripherie von Los Angeles gelangte. Doch erst elf Jahre vor seinem Tod führte sein epischer Weg in diese neue Dimension. „Disneyland sollte laut Plan [kreiert in den Studios von Burbank] eine dreidimensionale Fortführung der Walt-Disney-Filme sein, angefüllt mit den vielen Figuren sowohl aus animierten wie aus Live-Action-Filmen."[42]

Über das Getüftel an Strukturen, Signalen, Botschaften, Proportionen und Perspektiven der Park-Landschaft, das in Burbank Meister und dienstbare Heerscharen heißlaufen ließ, ist vieles nachzulesen. Doch das entscheidende Momentum, das Disneys pädagogischen Optimismus rechtfertigte und den überwältigenden Zuspruch der medial geköderten Scharen ein Stück weit erklärt, ergab sich aus dem

41 vgl. Velan/Jungk 2001
42 Findlay: Magic Lands. 1992, Seite 68

Anschluss des bis anhin filmisch-virtuellen und nur mit Hilfe erzählerischer Mittel strukturierten Disney-Outputs an die Kraftquellen der Architektur, im weitesten Sinn: des Raums.

Man kann den Menschen vom Raum her verstehen. Und falls man auf durchschlagenden Massenerfolg aus ist, muss man es sogar. Angeblich gibt es ein japanisches Sprichwort: „Ein Mann ist, was er ist, durch den Raum, in dem er sich aufhält."

In der Genesis, einer Schlüsselerzählung[43] unserer Kultur, ist Jahwe, bevor er sich mit mehr oder weniger Erfolg als *social engineer*, moralischer Präzeptor und Vertragspartner Israels engagiert, im großen Stil und unglaublich nachhaltig als Architekt zu Gange. Das Erste, was dieser einmalige Gott erschafft, ist eine buchstäblich All-umfassende Raumordnung.[44]

„Dann sprach Gott: Ein Gewölbe entstehe mitten im Wasser und scheide Wasser von Wasser. Gott machte also das Gewölbe und schied das Wasser unterhalb des Gewölbes vom Wasser oberhalb des Gewölbes. So geschah es und Gott nannte das Gewölbe Himmel." (Gen 1,6-8)

Wie selbstverständlich fügt sich der Schöpfer in diese Raumordnung ein. Als kreative und spirituelle Exekutive ist er fortan ein „Gott in der Höhe" und

---

[43] Philologische Fragen zu den beiden Schöpfungsberichten sind hier vernachlässigt.

[44] alle Bibel-Zitate online, siehe Homepage der Universität Innsbruck: Die Bibel in der Einheitsübersetzung

unser Vater, der da ist „im Himmel". Dieser Raum besitzt, was Wunder, einen die Zeiten und (Irr-) Lehren überdauernden und dazu genial einfachen Bauplan.

Was ist an diesem Bauplan das Wesentliche? Es ist zum einen eine aus formloser Umgebung präzise herausgezirkelte Struktur[45] von signifikant erhöhtem Erzählpotenzial. Hier wird, so ahnt man schon vom ersten Wort an, bald etwas los sein. Aus Wüsten und Steppen, für die Gott noch kein Konzept verrät – die jedoch nach dem Vorangehenden möglicherweise als Metapher für das schöpferisch überwundene (Rest-) Nichts zu lesen sind –, versetzt uns Gen 2,8–15 in eine wasserreiche Oase: „Dann legte Gott, der Herr, in Eden, im Osten, einen Garten an und setzte dorthin den Menschen, den er geformt hatte. Gott, der Herr, ließ aus dem Ackerboden allerlei Bäume wachsen, verlockend anzusehen und mit köstlichen Früchten, in der Mitte des Gartens aber den Baum des Lebens und den Baum der Erkenntnis von Gut und Böse. Ein Strom entspringt in Eden, der den Garten bewässert; dort teilt er sich und wird zu vier Hauptflüssen. […] Gott, der Herr, nahm also den Menschen und setzte ihn in den Garten von Eden, damit er ihn bebaue und hüte."

---

[45] Das griechische Wort *paradeisos* (Tiergarten, Park; lat. *paradisus;* hebr. *pardes*) wurde aus dem avestischen *pairi-daēza*, wörtlich „umgrenzter Bereich", übernommen.

Ein Jahwe-Projekt, das wohl nicht einfach nur ein paar unauffindbare Hektar im mesopotamisch-irakischen Nirgendwo umfasst, sondern als Abschluss seiner *creatio ex nihilo* die ideale Welt bedeutet, auf die von Anfang an alle Vorstadien zuliefen. Spätere Interpreten haben diesen Claim, eine bukolisch-optische Täuschung, aus begreiflicher Sorge um seine Verletzlichkeit mit einer Mauer oder einem Gebirge umgeben oder, weil sie damit die (platonische) Idealität des Ur-Ortes veranschaulichen wollten, in einen Kreis oder ein Quadrat gebannt, an deren Grenze alles Nicht-Ideale abprallen sollte. Wir begegnen hier, in glühendem Interesse für den „Anfang" der Schöpfung[46] gesucht und gestaltet, einem Bau- und Sinnplan von historischer Tragweite. Er verbindet einige wenige, aber ungemein vielsagende Elemente zur Einheit eines primordialen Raums. Gleichzeitig ergänzt er, was an ihm utopisch ist, durch den der Utopie fehlenden Aspekt der Geschichtlichkeit. Es ist der „Architopos", der Ur-Raum des Anfangs, der, solange die Geschichte auch dauern wird, seine Gegenwart beibehält.

Entfernt man die moralistische Schutzfolie von der Erzählung – es kann ja kaum Jahwes Absicht gewesen sein, den Menschen „nach seinem Bild" zu schaffen, um ihn umgehend auf seinen blinden Ge-

---

[46] Mose 1,1 (Genesis): „Im Anfang schuf Gott Himmel und Erde …"; Johannes 1,1: „Im Anfang – *en arche* – war das Wort …"; Goethe: Fausts „Anfang"-Reflexion im Studierzimmer

horsam zu testen –, gewinnen auch die beiden Bäume – der eine zum Apfelträger verniedlicht, der andere im Hinblick auf seine Gattung unbestimmt – die Statur, die ihnen nach dem architopischen Plan zukommt, nämlich als buchstäblich überragende Gewächse, die uns bewusst machen, was im narkotischen Urzauber von Flora und Fauna zu ebener Erde leicht vergessen würde: die unverzichtbare *Transzendenz* des homöostatischen Gartens. Adam, als ausgereifter menschlicher Prototyp erschaffen, könnte sich's gar nicht in der Falle des grünen Glücks einrichten. Er *muss* wissen wollen, wie er durch die Unterscheidung von Gut und Böse seinen (Aus-)Weg in die dramatisch-riskante Geschichte findet, ohne den innersten Traum des geschenkten Lebens zu verraten, unsterblich zu werden.

Mythisch-religiöse Erzählungen, profane Literatur, bildende Kunst und verbildende Werbung handeln von diesem primordialen Raum in nicht enden wollenden Variationen. Erwartungsgemäß bezieht auch – und vor allem! – die Architektur aus ihm unerschöpfliche Anregungen, fügt er doch den metrisch genauen zwei Dimensionen der begehbaren Fläche eine ungefähre dritte hinzu, ohne die es weder Säulen noch Türme noch Schlösser noch Towers gäbe, in denen sich der babylonische Traum verbirgt, sie seien nach oben offen und reichten in den Weitenraum der Wolken, Winde und Sterne.

Dieses im Wortsinn ekstatische Setting bildet den Ur-Ort menschlichen Strebens. Als zeitlose Ikone weckt und stillt dieser Architop jene besondere Form der Sehnsucht, die Heimweh heißt. Im Ablauf der Zeit richtet sich dieser Schmerz abwechselnd auf weit Zurückliegendes, das wir einmal besessen und dann verloren, häufig auch verwirkt haben, und auf Künftiges, von dem wir utopisch träumen.

Was genau wir dort suchen, hat zu vielerlei Vermutungen geführt. Denn das architopische Setting verhält sich auffallend offen gegenüber unseren Erwartungen; Glück, Heil, Ruhe, Reichtum, Gerechtigkeit, Macht – so gut wie das ganze Sortiment sozialer Positiva hat in ihm schon seinen Schau-Platz gefunden. Dass die Hoffnung manchmal Schwarz trägt, etwa nach der Couture eines Johannes oder Orwell, ist letztlich nur die Kehrseite davon. Man merkt den Traum – und ist versöhnt.

Was aber könnte es im tiefsten Grund sein, wonach wir uns sehnen? Eine Frage, die angesichts der Einfachheit des architopischen (Ur-)Modells eine einfache Antwort nicht von vornherein ausschließt. Der Philosoph Jürgen Habermas formulierte, indem er einem *touch of poetry* nachgab: „Wenn die utopischen Oasen austrocknen, breitet sich eine Wüste von Banalität und Ratlosigkeit aus.“[47]

Doch wird auch umgekehrt ein Schuh daraus. War nicht am ersten Schöpfungstag „die Erde noch wüst und leer“? Und zwischen Höhe und Tiefe, Licht und

---

[47] Jürgen Habermas: Die neue Unübersichtlichkeit. Suhrkamp, Frankfurt a. M. 1985, Seite 161

Finsternis gab es noch nichts, das nach etwas aussah, einen Plan verriet und Sinn in unserem Sinn machte.

Doch belegt die historische Erfahrung, dass immer, wenn die Wüsten von Banalität und Ratlosigkeit sich unerträglich weit ausdehnten, jemand auftrat, der sich anheischig machte, die Schleusen der vier mythischen Flüsse zu öffnen, eine Oase erblühen zu lassen und unseren im Hier und Jetzt versenkten Blick nach oben zu lenken. Und das mit eben dem Anspruch, die beiden Erzplagen unseres Geistes zu lindern, Banalität und Ratlosigkeit.

„Disneyland lud tatsächlich kaum dazu ein, für alltäglich gehalten zu werden. Man beabsichtigte, Kunden für einen ganzen Tag des Vergnügens anzuziehen, an dem sie nie abgelenkt, orientierungslos oder gelangweilt sein sollten. Es sollte keine räumliche Ungeordnetheit geben, keine unfreundlichen Angestellten, verwahrlosten Grundstücke und keine marktschreierisch beworbene Schaustellerei, wie sie in Walt Disneys Augen in herkömmlichen Vergnügungsparks wie Coney Island vorherrschten. Vor allem aber ordnete Disneyland die schiere Präsenz der einzelnen Attraktionen, Shows, Restaurants und Shops einer größeren Gesamtheit mit leicht erkennbaren Themen unter. Was man damit erreichte, war, wie ein Manager es formulierte, *weniger ein Vergnügungspark als ein Geisteszustand.*“[48]

[48] Findlay: Magic Lands. 1992, Seiten 65f.

Das Erste, was unsere Wahrnehmung vorfinden möchte, wenn sie aus der Alltagsbetäubung von Banalität und Ratlosigkeit erwacht, ist die Mutter aller Strukturen. Das kann die weltberühmte Pyramide im Fluss- und Sandreich der Ägypter sein, die schlichte Kirche im Dorf oder die weniger schlichte zu Wien, Straßburg, Köln und Reims, die schwankende Palme am flachen Strand, der Leuchtturm über der Brandung, ein Schloss, so hoch und hehr, die über dem Wattenmeer schwebende Abtei vom Mont-Saint-Michel, der Eiffelturm über romantisch veralteten Quartieren, die kontinentale Miss Liberty auf ihrem centgroßen Eiland, der Schlot von Sir Giles Gilbert Scott, dem Herzog & de Meuron die Tate Modern zu Füßen gelegt haben, der Burj Khalifa über dem kulturellen Mischmasch eines entwurzelten Emirats oder das erst schematisch geplante Set für „Belgrad am Wasser", ein Musterfall von Investorenarchitektur mit einem Turm als „Symbol für irgendetwas" und unerlässlicher Shopping Mall.[49]

Vom Architekten Joshua Lau, der die Hong Kong Biennale kuratiert, stammt der Befund: „Ob wir es mögen oder nicht – die effizienteste urbane Bedingung für die Zukunft ist die hyperverdichtete Megastruktur, die ein wenig den Mechanismen einer Kleinstadt mit einem vertikalen Arrangement ähnelt. Sie ist ziemlich widersprüchlich in dem Sinn, dass sie un-

[49] Vgl. Andreas Ernst: Die Stadt zum Fluss bringen. In: Neue Zürcher Zeitung, 15. Oktober 2014

weigerlich das Gegenmittel für die erratische Dichte der Städte ist und zur gleichen Zeit der Schrecken selbst, der ausradiert, was die Stadt normal ausmacht, nämlich die Strassen."[50]

Der Anlass für ein solches Statement waren Ausschreibung und Ergebnis eines Architekturwettbewerbs für eine Super City an der Shenzhen Bay im Hinterland von Hongkong namens Cloud-Citizen, eine urbane Hyperverdichtung auf gerade einmal 170 Hektar (das floridianische Disney World Resort umfasst 15.000 Hektar, das Epcot-Center allein 120 Hektar), überragt von einem 680 Meter hohen Turm. Umwerfend konsequent, aber nicht umwerfend neu, sondern vor rund einem halben Jahrhundert von Walt Disney imaginiert, damals noch unter dem Codenamen *Project X*. Auf asiatisch-arabische Megalokratie hatte er es nicht abgesehen; doch auf dreißig Stockwerke hätte es auch das zentrale Hotel bringen sollen.[51]

---

[50] Adrian Lobe: In den Wolken leben. In: Neue Zürcher Zeitung, 19. Dezember 2014

[51] Das Stadtzentrum bildet das ikonografische Emblem von Epcot. Aus seiner Mitte erhebt sich das Wahrzeichen von Epcot, das Cosmopolitan Hotel, dessen zentraler Trakt weit über eine kreisförmige Erholungsplattform hinaus in den Himmel ragt. Das Äußere des Bauwerks entspricht den modernsten Vorstellungen von Architektur und ist von Verwaltungsgebäuden geringerer Höhe umgeben. Das Deck ist eine Art Parklandschaft und weist eine Reihe von Attraktionen auf: Tennisplätze, Landeplätze für Helikopter, Joggingrouten und mehrere Glaskuppeln, um den tiefer gelegenen Etagen Licht zuzuführen. Dieses Deck ist tatsächlich das Dach für das unterirdische, klimatisierte, internatio-

In den Worten von Paul Claudel: „Wie die Pagode mit ihrer Ordnung von Höfen und Gebäuden die Weite und die Erstreckungen des Raums ausdrückt, so der Turm diejenige der Höhe. Gegen den Himmel gestellt, verleiht er diesem ein Maß. Die sieben achteckigen Stockwerke sind eine Einteilung der sieben mystischen Himmel.“[52]

Erspart geblieben sind uns die hybriden Architope, die unsere Welt geprägt und mit infernalischer Orientierung versorgt hätten, wäre es nach dem Duo Adolf Hitler und Albert Speer gegangen: „Sein [Hitlers] Triumphbogen ist 120 Meter hoch. [...] Die Ehrentribüne in Nürnberg wird von einer Figur gekrönt, die die New Yorker Freiheitsstatue um vierzehn Meter überragt. Das Große Stadion ebendort faßt zwei- bis dreimal mehr Menschen als der Circus Maximus in Rom. [...] Im Kuppelbau der ungeheueren Versammlungshalle hätten das Capitol in Washington, die Peterskirche in Rom und etliches andere dazu mehrfach Platz gefunden.“[53]

---

nale Einkaufszentrum. Dieses Mall-Konzept war während der Planungsphase für Epcot revolutionär und hätte Geschäfte, Restaurants und Vergnügungsangebote umfassen sollen, die von den verschiedenen Kulturen der ganzen Welt inspiriert gewesen wären.

[52] Paul Claudel: Erkenntnis des Ostens. Aus dem Französischen von Eduard Plüss, nach der zweiten Auflage von 1907. Jakob Hegner, Köln & Olten 1962, Seite 22

[53] Elias Canetti: Hitler, nach Speer. In: Elias Canetti: Das Gewissen der Worte. Fischer, Frankfurt a. M. 1981, Seiten 181f.

Und selbstverständlich gehören in die schier endlose Galerie der Architope auch die prämodernen Castles von Sleeping Beauty (in Anaheim, Hongkong und Paris) und Cinderella (in Orlando und Tokio), steil in die unwirklichen Flughöhen von Peter Pan aufragend, und zwar über genau bemessenen, penibel ausgeschilderten, auf Anhieb identifizierbaren Quartieren und umfriedet von einer meterhohen Ummauerung als symbolischem Schutzwall gegen Chaos World.

Wie nicht anders zu erwarten, skandalisiert sich die nach oben offene und darum objektiv und subjektiv prekäre Transzendenz unter den harten Bedingungen der Existenz. So ohne Weiteres nämlich hält der Homo sapientissimus es nicht aus, dass es „*über* ihm *etwas* gibt“ und niemand ihm sagen kann, was. Episch unverbindlich könnte man an den Ur-Schock denken, den der Mensch seit den Zeiten in sich trägt, von denen an er sein Schicksal als *animal erectum* akzeptieren musste. In etwa zeitgleich hätten dann die Versuche begonnen, diese beunruhigende evolutionäre Errungenschaft zu sistieren und zum vertrauten Zustand der gedeckelten Transzendenz zurückzufinden. Wir nennen dieses Resetting der architopischen Struktur Hierarchie. Es ist noch alles da, die plane Immanenz und der transzendierende Vektor, nur dass es *nach oben* gerade nicht ins absolut Offene weitergeht. An die Stelle des Infinitums, auf das die sichtbaren Zeiger metaphorisch hochdeuten, setzt sich ein (historisch) veritabler Superlativ. Was von ihm *nach unten* abstrahlt, ist keineswegs die grenzenlose Freiheit der Lüfte, sondern beengende Macht, Dezision, Despotie.

X. Miniatur und Massen

Rechnet man – in wortwörtlicher Lesart – mit der überschaubaren Anzahl von Menschen, die nach der Vertreibung der Ureltern aus dem Garten Eden im Osten der vertanen Heimat gesiedelt und gewirkt haben; hält man ihnen außerdem zugute, dass sie sicher nicht so gottverlassen waren, an eine Reconquista des Paradieses überhaupt nur zu denken, erscheint die dortige Portalbesatzung, bestehend aus – vermutlich zwei – Kerubim und einem Flammenschwert, reichlich überzogen.

Doch mit der Verwandlung der kurzlebigen bukolischen Idylle zu einem Frühbild menschlicher, durch harte Arbeit und viele soziale Probleme bestimmter Geschichte erhält diese Anordnung, die faszinierend an das gleichfalls von Gott selbst entworfene Dekorum der Bundeslade erinnert, einen anderen Sinn. Denn Kerubim sind keine apotropäischen Dämonen, die also bei Bedarf als mythische Türsteher wider das Böse Dienst tun. Sie sind immer Engel in nächster Nähe Gottes.[54] Die Spitzen ihrer einander zugewand-

[54] Zum Verhältnis von Kerubim und Gott: Ezechiel 10,4–5: Die Herrlichkeit des Herrn schwebte von den Kerubim hinüber zur Schwelle des Tempels. Der Tempel wurde von der Wolke erfüllt und der Vorhof war voll vom Glanz der Herrlichkeit des Herrn.

ten Flügel bilden den kultischen Baldachin für seine Präsenz in Gestalt einer lodernden Flamme. Dass sie fortan den Weg zum Baum des ewigen Lebens *bewachen*, entspricht zwar auch den Auflagen der kultischen Distanz, hält aber anderseits diesen heiligen Weg im Bewusstsein der vielfach abgelenkten und geplagten Menschen in lebendiger Erinnerung. So versendet dieser kleine und niemals ortsfest zu machende Garten die Botschaft an die gesamte Menschheit, sich seinem Mysterium in Ehrfurcht zu nähern und durch ihn die vererbte Transzendenz wiederzugewinnen, die in den unvermeidlichen Sündenfällen des Alltags immer wieder aus dem Blick gerät.

Durchaus vergleichbare Elemente enthält die mittelalterliche Erzählung vom Heiligen Gral. Diese spirituelle Mitte, als Gefäß für das Blut Christi gedacht, nach dem die Christenheit, damals noch die gefühlte Menschheit als Ganzes, auf ihrem gottgewollten Innenweg zum ewigen Heil im „selig reinsten Glauben" pilgert, liegt utopisch entrückt auf einer schützenden Burg namens Monsalvat „in fernem Land", „unnahbar [unsern] Schritten" und von auserkorenen Rittern „als höchstes Heiligtum bewacht".[55]

Der architopische Modellraum aus umgrenztem Bereich und symbolisierter Transzendenz, wie er sich auch im klassischen Themenpark der Disneys präsen-

---

Das Rauschen der Flügel der Kerubim war bis zum Vorhof zu hören; es war wie die Stimme des allmächtigen Gottes, wenn er spricht.

[55] vgl. Richard Wagners Gralserzählung in der Oper *Lohengrin*

tiert, ist nie nur für die überschaubare Menge gemeint, für die er als relativ eng begrenzter Raum Platz bietet – *Park* ist ja schließlich verwandt mit *Pferch* –, auch wenn er sich, entsprungen den Köpfen hochkarätiger Singles, gern einen exklusiven Anstrich gibt und nur nach Wissenden und Erwählten Ausschau zu halten scheint. Wir ignorieren das allzu bereitwillig. Ein wenig töricht bezaubert von Oasen, Parks und Gärten, Elysien, Inseln, Klöstern, Städten, die auf Bergen liegen, exotischen Ashrams und schicken Ghettos des Konsums und Vergnügens, übersehen wir die scheinbar paradoxe Eigenschaft von Räumen, die nach dieser Blaupause konzipiert sind: ihre unter der Oberfläche vibrierende Sehnsucht nach dem großen Andrang von außen und dem dichten Gedränge im Inneren.

Der literarische Übervater des Genres, Thomas Morus, hat für die einzige ideologiefrei utopische Stelle in seinem *wahrhaft goldenen Büchlein* – die Schilderung der weiten, leeren Hafenbucht als Auftakt zum zweiten Teil seines fiktiven Berichts – ein prekäres Zugangskonstrukt entworfen, das, unter harmlosen Seefahrertopoi versteckt, die (un-)heimliche Gewissheit des Autors verrät, sein weder strategisch noch ökonomisch noch kulturell besonders herausragendes Eiland verfüge über einen unerhörten ideellen Magnetismus: „Land umgibt diese gewaltige Wasserfläche auf allen Seiten und schützt sie vor Winden. Sie ist weniger stürmisch bewegt und gleicht mehr einem ruhigen See von ungeheurer Ausdehnung, macht fast die ganze Ausbuchtung des Landes zu einem Hafen und ermöglicht den Schiffsverkehr nach allen Richtungen. Die Einfahrt in den Hafen gefährden auf der einen Seite Untiefen und auf der anderen Klippen. Etwa in der Mitte ragt ein einzelner Felsen empor, der aber ungefährlich ist. Auf ihm steht ein Turm, in den die Utopier eine Besatzung gelegt haben. Die übrigen Klippen sind unsichtbar und deshalb gefährlich. Die Fahrstraßen kennen nur die Eingeborenen, und so kann ein Ausländer ohne einen Lotsen aus Utopien nur schwer in diese Bucht eindringen; könnten doch die Utopier selber kaum ohne Gefahr dort einlaufen, wenn nicht gewisse Seezeichen vom Strande aus die Richtung angäben, und durch ihre Umsetzung wären sie imstande, jeder auch noch so großen feindlichen Flotte Untergang zu bereiten. Auf der anderen Seite liegen gut besuchte Häfen. Aber überall ist der Zugang zum Lande so stark durch Natur oder Kunst befestigt, daß auch nur eine Handvoll Verteidiger selbst gewaltige Truppenmassen abwehren könnte."[56]

Das 1955 eröffnete Disneyland im kalifornischen Anaheim umfasste eine Fläche von 34 Hektar, in die man gerade einmal 17 Millionen Dollar investiert hatte. Abgesehen von der schieren Attraktion, die man sich zu Recht erhoffte, fällt der begriffliche Überbau auf, der sich über dieses territoriale Kleinformat wölbte.

---

[56] Thomas Morus: Utopia. Zit. nach Projekt Gutenberg

„Im Glauben, ‚die Menschheit könne jedes Problem in den Griff bekommen, wenn nur die richtige Information zur richtigen Zeit verfügbar wäre‘, sahen die Disney-Funktionäre das Themenareal von Tomorrowland als eine Demonstration dafür, ‚dass die Welt von morgen durch den fantasievollen Einsatz aktueller Technologie heute schon erreicht werden könne‘.“[57]

In den Köpfen der Propagandisten vertrug sich dieser ideologische Flug in die Welten des Heute und Morgen offenbar problemlos mit dem sozialen Miniaturformat der amerikanischen Normfamilie, an die sich die konkrete Werbung in Wort und Bild bis heute richtet. Werbetexte aus den Fünfzigern versprachen Vätern, „ein Held in [ihrem] Heim zu werden, wenn sie die Familie nach Disneyland brachten [...]. [S]ie würden ihre Beziehungen zu den Kindern verbessern: *Disney Land, USA. Gewidmet dem Glück Ihrer Familie.* [...] Die umfassende Werbung bereitete die Besucher nicht einfach nur auf Disneyland vor; sie zielte auf einen bestimmten Besuchertyp, in erster Linie auf die familienbewusste Mittelklasse.“[58]

Das verborgene Gesetz der architopischen Miniatur lenkte das Projekt trotzdem in die vorhersehbare Richtung. Mit der Besucherzahl von knapp 24 Millionen während eines guten halben Jahrhunderts verliert

---

[57] Findlay: Magic Lands. 1992, Seite 70

[58] Findlay: Magic Lands. 1992, Seiten 80f.

das Bild der glücklichen Familie jede heimelige Kontur und geht in der amorphen und gewinnversprechenden Masse auf, für die Walt Disney gearbeitet hat, lange bevor er die Familie als Investor im Kleinen entdeckte und sie zur All-one-Family in seinem Namen überhöhte.

Unter der erstaunlichen Überschrift *Der schlimmste Tag der ganzen Ferien!* fasste am 26. März 2014 das TripAdvisor-Mitglied Jetin aus Brisbane, Australien – und kein Einzelfall der Vox populi[59] – Eindrücke zusammen: „Es ist mir ein Rätsel, weshalb dieser Vergnügungspark so populär ist. Ich war noch nie in einem derart schlechten Park. Völlig überteuert, viel zu viele Leute, nur langweilige Bahnen und absolut miserables Essen. Ein Riesenfrust! Wer gerne über eine halbe Stunde ansteht, um ein Foto mit Mickey zu machen, oder über eine Stunde für langweilige Minibahnen oder ein Karussell (!), welches es auf jedem Dorffest gibt, der ist hier richtig. Für die größeren

---

[59] Anfang 2012 notierte bereits ein anderer Besucher: „Ich ging vor Halloween mit meinem Onkel, meinem Cousin und meiner Freundin nach Disneyland. Wir gaben für uns vier 250 Dollar aus. Wir kamen dort um 19 Uhr abends an. Das Gelände war so überfüllt, dass wir herumgeschoben wurden wie Vieh und oft mehrere Minuten warten mussten, nur um uns wenige Fuß vorwärts zu bewegen. Wohlgemerkt, wir standen dabei gar nicht in den Schlangen vor den Bahnen! Es war die offene Fußgängerzone! Wir gingen wegen der Bahnen dorthin und nur wegen der Bahnen. Auf wie viele schafften wir es schließlich? Ganze zwei! Wir brauchten so viel Zeit für jede Bahn und das Festsitzen im Fußgängerstrom, dass wir es von 19 Uhr bis zum Schließen des Parks nur auf zwei Bahnen schafften. Das ist ganz gewiss nicht der glücklichste Platz auf Erden, sondern der überlaufenste."

Bahnen ist die Wartezeit sogar noch länger! Wir waren einen ganzen Tag während der Woche (!) dort und die Zeit hat gerade mal für fünf (!) Bahnen gereicht, vier kleine und eine große. Ein absolut verlorener Tag, ich würde nicht mal gratis nochmals hingehen. Eine Frechheit, dass derart viele Leute in einen so kleinen Park gelassen werden, das ist reine Abzocke! Disney sollte sich schämen! Den Besuch kann man sich sparen und stattdessen die Universal Studios besuchen, die sind tausendmal besser!"

Rund zehn Kilometer südwestlich von Orlando und knapp dreißig Kilometer vor Disneys Epcot-Center findet – an Floridas *Fun Belt* entlang der Interstate 4 – die Menschheit, namentlich ihr christlicher Anteil, seit 2001 das Heilige Land zu einem Theme Park von schätzungsweise[60] 1200 Hektar gestaucht.

---

[60] Primär ideell konzipierte Räume scheinen wenig Lust zu verspüren, angesichts ihrer Fixierung auf den Superlativ auf der Homepage preiszugeben, wie gering ihre ‚irdische' Ausdehnung tatsächlich ist. Robert Harbison hat für Disneyland festgehalten: „Gute Karten von Disneyland sind aus gutem Grund nicht erhältlich. Wie ein Garten des achtzehnten Jahrhunderts entfaltet es seine Energie am besten, indem es seine Begrenzung verhehlt. Wenn man hineingeht, hat man so etwas wie einen Übersichtsplan im Kopf. […] Man kann sich aber nicht darauf verlassen, wenn man das untersucht, was einen am meisten interessiert: die Beschaffenheit seiner Ränder und Grenzen." (Robert Harbison: Das Gebaute, das Ungebaute und das Unbaubare, Birkhäuser, Basel 1994, Seite 106) – Harbison spricht von einer „phantastischen Verdichtung" und der „Fähigkeit des Ortes, die menschliche Einbildungskraft mit ihren überlappenden Fähigkeiten, die keinen Ort brauchen, zu repräsentieren, […] weil das so kunstvoll

Vom Garten Eden über die wesentlichen Stationen aus Leben und Passion Jesu bis zu seinem Sterben am hydraulisch hochgeklappten Kreuz ist es bequem in einem knappen Tag zu „erleben“.

Dieses Absurdum unter der Bezeichnung *Holy Land Experience* wäre nicht der Rede wert, lenkte es nicht den Blick auf ein Faktum, das wenig mit einer spezifischen Verkündigung, dafür umso mehr mit dem utopischen Wesen von Religion überhaupt zu tun hat. Denn nicht nur spielt sich das irdische Leben des Weltheilands und Menschensohns in einem winzigen, für den leidenschaftlich zu Fuß gehenden, allenfalls einen Esel benutzenden Rabbi bespielbaren Landstrich ab, der, von Jerusalem abgesehen, nicht viel mehr zu bieten hatte als einige Kleinstädte, etliche Hügel, einen Fluss und einen mittelgroßen See. Es wächst auch das Himmelreich Jesu, wie es in den Gleichnissen bei Matthäus (13,3–47) sinnfällig wird, nie über das Format von bodennahen Miniaturen hinaus, die sich ganz einfach nacherzählen und später ebenso einfach auf Buchseiten und Kirchenwänden abbilden ließen.

Da passt das ganze große majestätische Himmelreich, das für die Guten unter uns – theologisch noch nicht ganz geklärt, ab wann – vorgesehen ist, durchaus in die enge Vorstellungswelt der Bauern, Hausfrauen, Kaufleute und Fischer, die ihm zuhören.

---

ineinander verschlungene Disneyland uns als physisch unmöglich anmutet.“

Selbst der König aus Kapitel 22 ist da kaum mehr als ein etwas betuchterer Gutsbesitzer aus der Umgebung.

Doch vibriert auch in diesen Klein- und Kleinstformaten der Anspruch, für möglichst große Mengen attraktiv zu sein. Das belegen die szenischen Hinweise auf die grandiose Wirkung des Predigers und Wundertäters Jesus, etwa einleitend zu Mt 13,1–2: „An jenem Tag verließ Jesus das Haus und setzte sich an das Ufer des Sees. Da versammelte sich eine große Menschenmenge um ihn. Er stieg deshalb in ein Boot und setzte sich; die Leute aber standen am Ufer." Noch eindrücklicher im Anschluss an die Berufung der ersten Apostel in Mt 4,24–25: „Und sein Ruf verbreitete sich in ganz Syrien. [...] Scharen von Menschen aus Galiläa, der Dekapolis, aus Jerusalem und Judäa und aus dem Gebiet jenseits des Jordan folgten ihm."

Wenn Jesus dann aber (Mt 5,1), statt zur Billy-Graham-Form aufzulaufen und diese Massen rhetorisch effektvoll abzuholen, auf einen Berg steigt, sich setzt und seine paar Jünger um sich schart, ist die Erzählung wieder bei der spirituell-architopischen Miniatur.[61] Sie bildet den einzigen vorstellbaren Rahmen

[61] Kleistert man die narrativen Strukturen nicht kurzerhand mit dem Begriff des „Wunders" zu, was den ganzen Vorgang nicht über das Grimm'sche *Tischlein, deck dich* erhöbe, dann zeigt auch die Speisung der Viertausend am See Genezareth in Mt 15,29–39 diese typische und geheimnisvolle Ambivalenz von Miniatur und Massen. Auch hier steigt Jesus mit seinen Jüngern auf einen Berg

für die vom Himmel inspirierten Seligpreisungen und zielt über die nicht vorhandenen Köpfe aus Galiläa, Dekapolis usw. hinweg direkt in die Herzen einer unbegrenzten Menschheit nach Christi Geburt.

Im historisch-politischen Raum kann diese Dialektik zu einer offenen Unschlüssigkeit der Metaphern führen. Nimmt man die Schweiz beim eigenen Wort, wäre sie wohl gern, was andere ihr bescheinigen: eine Insel im europäischen Meer, überragt und in ihrem innersten Wesen symbolisiert vom Matterhorn (die Südwand wäre dann eine italienische Leihgabe), und wie ein Boot beengt, das je nach Bedarf an die Grenzen seiner Kapazität stößt. Intellektuelle, die zunächst auf den heimeligen Augenschein der Miniatur hereinfallen, empfinden dann doch nach und nach ein Unbehagen an der Enge. Dabei läge es nahe zu sehen, welche unglaubliche Option auf Welt und Weite diese winzige Drehscheibe verwirklicht, von der aus die separaten Sprachen wie die vier Flüsse des Paradieses nach Norden, Süden, Westen und ein wenig dünner auch nach Osten strömen.

---

und setzt sich. Nach dem mitgeführten Proviant – sieben Brote und ein paar Fische – war ein mönchisch einfaches spirituelles Picknick angesagt. Beim Wort genommen darf man sich fragen, warum der mitleidige Heiland den unglaublich vielen Menschen diesen Stress zumutete, Lahme, Krüppel, Blinde, Stumme und viele andere Kranke die Hänge, die um den See herum bekanntlich nicht alle sehr sanft sind, zu ihm hochschleppen zu lassen, bei völlig ungewissem Ausgang einer solchen Massenwanderung, und dabei seine pragmatischen Jünger mit der Verlegenheit konfrontierte, in einer unbewohnten Gegend für schnellen Nachschub sorgen zu müssen.

Dem Schweizer *Volkch* der rechten Demagogen wird darüber in Abständen bange. Dann träumt es mehr oder weniger stimmenreich den Traum von der intakten Miniatur und zieht, gleichsam als Reflex gegen Genf, diese Hauptstadt *inter nationes*, die Grenze der Miniatur noch einmal enger, auf die Vierwaldstätter Dimension, durch deren mythischen Bergschatten Tells schwerer Nachen steuert, den hohen Mast als Ausweis und Anspruch gegen die verhasste Transzendenz einer habsburgischen Hutstange.

XI. Pilgern in Strömen

Thematisch konzipierte Umgebungen nähmen – sicher nicht nur in Amerika – zu und es gebe nichts mehr, was gegen die Verwandlung in einen Theme Park gefeit wäre. – Man kann dieses eingangs zitierte Statement von Sieglinde Geisel auch verkehrt herum lesen. Dann führt es zur Einsicht, wie viele Themenparks bereits existieren und existiert haben, ohne in ihrer übereinstimmenden Bau- und Funktionsweise jemandem aufzufallen. Ganz sicher *vermehren* sie sich nicht nur, sie *verraten* sich jetzt auch schneller, seit Disney unabsichtlich den Diskurs animiert hat.

Danach wären Themenparks architopische Miniaturen, die ihre heimliche Sehnsucht nach dem großen Publikum zu einem missionarischen Appell verstärkt und einen Weg gefunden haben, den Erfolg in ihrem Sinn zu verwalten. Mit anderen Worten: Der architopische Raum wird zum Spielraum von Interessenten, die seine narrativ offene Anlage für ihre materiellen oder ideologischen Zwecke nutzen. Ihr erster Erfolg besteht schon darin, die Einsamkeit eines Menschen, der sich auf die Suche nach ihnen begibt, weil er dort letztgültige Einsichten und Antworten für sich zu finden hofft, aufzubrechen und ihn in ein mobiles Kollektiv zu integrieren.

Im Herzen der Wallfahrt, der spirituell-religiösen wie der touristisch-säkularen, fänden wir zwar noch immer den einsamen Sucher und seine architopische Idee:

Each heart is a pilgrim,
Each one wants to know
The reason why the winds die
And where the stories go.
Pilgrim, in your journey
You may travel far,
For pilgrim it's a long way
To find out who you are.
(Enya, *Pilgrim*)

Doch sorgt die aus der Miniatur hervorgegangene Inszenierung dafür, dass das Herz in einer weitestgehend gleichgeschalteten Masse aufgeht.

Die Industrialisierung des Pilgerns erfolgt nach Strategien, die sich bewährt haben. Sie passen nur nicht so recht zur romantischen Aureole, mit der man diesen un- oder gar antibürgerlichen Vorgang zu umgeben pflegt.

Ein erstes Muss, das schon sehr viel prädikatorischen Aufwand erfordert, ist die gezielte Denunziation des Alltags als monoton und bedrückend, als einer uns aufgenötigten Lebensform zum Davonlaufen. *Escape the ordinary, embrace the magic* – so der kurz und ungeniert insinuierte Eskapismus, für den die Disneys ihre Ghettos als Auffanglager bereithalten.

Ist erst einmal das Leben zum Jammertal stilisiert, müssen dieselben Instanzen dafür sorgen, dass ihre jeweilige Glücksinszenierung in den leuchtendsten Farben erstrahlt und als Ziel der Ziele in die Köpfe gebrannt wird. Folglich überfluten faszinierende Bilder und Erzählungen die darbende Fantasie und imaginieren jenseits der gefühlten „Wüste von Banalität und Ratlosigkeit" (Habermas) einen Ort der schieren Wunder. Ob mit sakraler Autorität oder nur als *Hidden Persuader* (Vance Packard, 1957) – er versendet die nur zu gern gehörte Botschaft: Um irgendeines Gewinns willen *muss man dort gewesen sein*!

Organisierte Pilgerziele liegen nicht um die nächste Ecke. Natürlich auch nicht, wie viele bloß literarische Wunschorte, im unauffindbaren Nirgendwo. Den Idealabstand benannte Richard Wagner, Fachmann für Gralsutopik und Romwallfahrt: *in fernem Land*. Das enthebt sie der Abnützung im Alltag, belässt ihnen aber den emotionalen Appeal der Ferne und Fremde. Wenn Wagner die Unnahbarkeit des Grals für normale „Schritte" hervorhebt, verrät er sein Gespür dafür, dass dieses Ziel – kultische Distanz hin oder her – mit der Idee des Pilger-Weges aufs Engste korreliert. In der Idee des Weges ist so viel existenzieller Optimismus deponiert, dass man mit Konfuzius immer wieder daran glauben kann, der Weg selbst *sei* das Ziel.

Als Gegensatz zur normalen Sesshaftigkeit und als limitiertes Revival der nomadischen Lebensweise birgt der Pilgerweg eine Überdosis an Unwägbarkeiten, die einerseits wie die schöne neue Freiheit wirken, anderseits den Initiatoren die Verantwortung auferlegen, es nicht zu weit zu treiben. Also kümmern sie sich vorsorglich um die vielfältigen Risiken, die von den überdurchschnittlich geforderten Körpern, der immer wieder fremden, wenn nicht sogar feindlichen Natur und den zwangsläufig tangierten Zeitgenossen ausgehen. Schon früh wurden angepasste Outfits entwickelt, ein System von Herbergen etabliert und die Ethik der Gastfreundschaft so intensiviert, dass ab dann *jeder* Fremde, nicht nur der Pilger im engeren Sinn, im Status der Heiligkeit stand. Außerdem sollten rituelle Auflagen dafür sorgen, dass die unvorhersehbaren Strapazen des Pilgerwegs ihre Funktion als spirituelle Vorbereitung, Prüfung und Läuterung erfüllten und nicht zu einem Wagnis auf Leben und Tod ausarteten.

Mit dem Absolvieren des Pilgerwegs wird die moralische Lizenz erworben, den exakt umgrenzten Heiligen Ort[62] betreten zu dürfen. In Erwartung großer Massen im emotionalen Ausnahmezustand ist dort für ein Höchstmaß an Orientierung gesorgt. Dieser Regel folgt selbstredend auch Disneyland. „Das Erfolgsrezept dafür, so einen magischen Ort zu erschaffen, liegt in der Kontrolle der Bewegungen der Leute und ihrer Interaktionen im Abgleich mit den Vorga-

---

[62] Das Wort *Tempel* (lat. *templum*) leitet sich von griech. *temenos* her, das wörtlich den „herausgeschnittenen“, d. h. abgegrenzten Natur-Raum bezeichnet, also etwa einen heiligen Hain.

ben der Umgebung. Die Disney-Organisation sah in der Gestaltung des Raums mit dem Ziel, den Massenstrom zu kontrollieren und überall Themen und Botschaften in das Konzept einzubauen, weder eine Aufgabe für Stadtplaner noch für traditionelle Vergnügungspark-Manager; denn die einen wie die anderen hatten viel zu oft Strukturen zu verantworten, die unorganisiert und unfreundlich schienen."[63]

Nun gibt es keinen Ort der so oder so beworbenen Magie ohne die Schwelle der positiven Krisis, an der die alte Welt verlassen und die neue betreten wird, ohne das Portal der Portale, den Haupteingang.

„Neben seiner Funktion als Hauptkontakt mit der Außenwelt war der Parkeingang Teil eines internen Systems, das Bewegungen und Stimmungen des Publikums überwachen sollte. Andere Vergnügungsparks hatten, wie Disney feststellte, mehr als einen Ein- und Ausgang, was den gleichmäßigen Fluss der Massen zerteilte und eine effektive Kontrolle über die Zu- und Abgänge der Besucher erschwerte. Im Gegensatz dazu hatte Disneyland also nur einen einzigen Weg, über den Besucher kamen und gingen. Diese Route führte zu einem System der Zirkulation, das, indem es die Stichworte eines Filmmachers nutzte, das Publikum subtil durch den Park lotste. Das System brachte die Besucher zu so vielen Attraktionen, Restaurants und Shops wie möglich, ohne sie zu verschleißen, sie vor schwierige Entscheidungen zu stellen

[63] Findlay: Magic Lands. 1992, Seite 68

oder sie um den Überblick zu bringen. […] Walt selber hat versprochen, Disneyland würde ein Ort sein, wo man nicht verlorengehen oder ermüden könne, außer man wolle es ganz bewusst."[64]

Alle realisierten architopischen Settings neigen zur Geometrisierung, was auch heißt: zu entsprechender Architektur und Raumgestaltung. Wenn es auch nicht immer Kreise und Quadrate sind, in die sich Bauten, Plätze und Gärten einfügen, eine strikte Symmetrie der Anlage scheint allemal unumgänglich.

Das liegt weniger am ästhetischen Mehrwert der Regelmäßigkeit als vielmehr an ihrem wesentlichen Angebot. Denn diese Settings stehen alle, ob spirituell oder säkular, als energisch befestigte Außenposten im Chaosland des Lebens, das ein Abbild der latenten Chaotik ist, zu der unser Gehirn neigt, wenn man nichts dagegen unternimmt. Dieses Angebot lautet auf (Neu-)Begründung von Ordnung und Einbindung des Menschen in einen Kosmos.[65]

Pilgerorte haben eine Mitte, hoch genug, um schon aus *fernem Land* gesehen zu werden, zumindest mit den Augen des Geistes. Auf diese Mitte hin ist die Symmetrie (als symbolisch angereicherte Umwelt) ausgerichtet und signalisiert ihre Bereitschaft zur Aufnahme und ganzheitlichen Förderung der Ankömmlinge.

---

[64] Findlay: Magic Lands. 1992, Seite 84

[65] Dieses altgriechische Wort bedeutet *Ordnung* im strukturellen Sinne, im ästhetischen Sinne heißt es so viel wie *Schmuck*, sichtbar etwa anhand der Ableitung *Kosmetik*.

Menschlichem Kontaktverlangen entsprechend muss die genuin abstrakte architopische Unit eine personale Mitte bergen. Die muss merkwürdig genug figuriert sein, um nicht auszusehen wie wir alle. Man darf ihr außerhalb des Orts ihrer Erscheinung nicht ohne Weiteres wie einem alten Freund oder guten Nachbarn begegnen. Ihre soziale Tagespräsenz beschränkt sich auf äußerst sorgfältig vorfabrizierte Ikonen. Unter der Hülle des organisierten Kults werden aus diesen surrealen Figuren[66] fast zwangsläufig höhere Wesen, auf die eine oder andere Art dämonisch. Mit ihnen besteht eine kollektive Vereinbarung darüber, was sie verlangen und was sie dafür zu geben bereit sind. Unabdingbar für ihre absolute Wirkungsmacht scheint eine Entourage, die ihnen Gefolgschaft leistet wie die eigenen Körperglieder. Diese dienstbaren Heerscharen demonstrieren zwar praktische Machtfülle und ermöglichen ein Kommandosystem, in dem sich die Reihenfolge von Befehl und Ausführung in vorauseilendem Gehorsam und beflissenem Lippenlesen umkehrt. Doch wie die Ethologie nachweist, zeigt sich die gefühlte Macht der Frontfigur primär in ihrer mythisch vergrößerten Oberfläche, bei deren Anblick jedermann von selbst weiß, was er zu denken, zu fühlen und zu fürchten hat.

---

[66] Erinnert sei an Sergej Eisensteins vermenschlichende Charakterisierung von Mickey Mouse als „der kleine, von dem großen Künstler und Meister gezeichnete Held von gewaltiger, allumfassender, internationaler und altersunabhängiger Popularität", siehe Kapitel *Die Mutter aller Strukturen*.

Beide – die machtvolle Person wie ihr flankierendes Personal – heben sich durch bewährte Äußerlichkeiten mit Effekt von denen ab, die sie neu oder immer weiter beeindrucken wollen. Masken, Uniformen, Sprache, Gestik, Choreografie und ritualisierte Handlungen bilden eine Syntax, die sozusagen auf Anhieb wirkt und alle restlichen Bedenken und möglichen Vorbehalte plättet. Auf diese Weise wird der planmäßig überwältigende Eindruck der Allmacht ergänzt durch den der unentrinnbaren Allgegenwart. Es ist die Hauptaufgabe der Diener *eines* Herrn, den Glauben an eine Alternative zu ihm im Keim zu ersticken, einen höheren Auftrag ahnen zu lassen und die „historische Notwendigkeit“ der Vorgänge um seine Person zu suggerieren.

Alle Pilgerziele enthalten eine erhebende Botschaft, die im Voraus von den Organisatoren kurz und eingängig formuliert wurde. Sie dient in erster Linie der Abgrenzung eines Pilgerunternehmens gegenüber der Konkurrenz. Wer nach Santiago möchte, weiß ungefähr, warum es nicht Rom, Lourdes, Mekka oder Disneyland sein soll. Viel mehr als eine ungefähre Gläubigkeit und Andacht wird allerdings unter der erlebten emotionalen Erhitzung auf Nachfrage nicht zum Vorschein kommen.

Der unvermeidliche Abgang aus dem architopischen Ghetto ist, wie es seinem grundsätzlich ansaugenden Wesen entspricht, weder geregelt noch gesichert. Es steht ja nun nichts mehr auf dem Spiel. Eigentlich sollte man zwar, wenn schon nicht für immer *bleiben*, dann doch so lange wie möglich *verweilen*. In diesem Sinn wirkt ein reichhaltiges Programm- und Beherbergungsangebot, das aus dem spirituellen oder weltlichen Eifer so viel Kapital wie möglich schlägt. Doch schließlich zerstreut sich die „gefilterte Masse", die *selected crowd*[67], auf ganz verschiedenen, privat gewählten Wegen und löst sich in ihre Individuen auf.

Einen pragmatischen Kompromiss zwischen Bleiben und Rückkehr ermöglicht ein fantasievolles und einträgliches Merchandising. Das teuer erworbene Souvenir weist den, der dort war, als geprüften Absolventen der Wallfahrt aus und hilft ihm dabei, sich später im Geist an den fernen Ort der Erfüllung zurückzuversetzen.

---

[67] Findlay: Magic Lands. 1992, Seite 81

XII. Hauptplatz Vorhof

Als architopische Miniaturen[68] stehen auch die Themenparks der Disneys vor der Aufgabe, mit den Massen fertigzuwerden, die sie anziehen. Das Erste, was ansteht, wenn die erwarteten Scharen kommen, ist ihre produktive Kanalisierung.

„In der Logik von Disneyland […] funktionierte Main Street U.S.A. als ein ‚Eintrittskorridor', der ‚große Massen von Besuchern in einem kurzen Zeitabschnitt aufnahm'. Die Besucher bewegten sich die Route entlang ‚auf einen großen Verteiler zu, von dem die anderen Quartiere ausstrahlten wie die Speichen eines Rads.' […] Innerhalb jeder Zone lenkten kleinere Zirkulationssignale die Massen in die richtige Richtung. […] Die Organisation der Warteschlangen innerhalb von Disneyland sowie die Anlage der Gehwege waren kunstvoll geplant, um die Besucher möglichst lange am Gehen, Lachen und Geld-Ausgeben zu halten."[69]

Aus der „bunten Menge", die der Theaterdichter in Goethes *Faust* in seiner schöngeistigen Allüre irri-

---

[68] Der Prototyp von Anaheim (1955) umfasst 34 Hektar, das „Magic Kingdom" in Florida (1971) startete mit 43 Hektar. In Anaheim werden heute bis zu 70.000 Besucher pro Tag gezählt.
[69] Findlay: Magic Lands. 1992, Seite 84

tierte, sollte sich also etwas entwickeln, das in etwa Elias Canettis „geschlossener Masse“ entspricht:

„Was an ihr zuerst auffällt, ist die Grenze. Die geschlossene Masse setzt sich fest. Sie schafft sich ihren Ort, indem sie sich begrenzt; der Raum, den sie erfüllen wird, ist ihr zugewiesen. Er ist einem Gefäß vergleichbar, in das man Flüssigkeit gießt, es ist bekannt, wieviel Flüssigkeit hineingeht. Die Zugänge zum Raum sind gezählt, man kann nicht auf jede Weise hineingelangen. Die Grenze wird respektiert. Sie mag aus Stein, aus festem Mauerwerk bestehen. Vielleicht bedarf es eines besonderen Aufnahmeaktes; vielleicht hat man eine bestimmte Gebühr für den Eintritt zu entrichten. Wenn der Raum einmal dicht genug gefüllt ist, wird niemand mehr eingelassen. Selbst wenn er überfließt, bleibt immer noch als Hauptsache die dichte Masse im geschlossenen Raum, zu der die Außenstehenden nicht ernsthaft gehören.“[70]

Was auf diese Weise sichergestellt wird, ist eine „ausgewählte Masse“[71], die allen Verhaltenszumutungen willig nachkommt. Einer anderen, offenen, unregulierten Masse wäre das Hauptprodukt nicht zu vermitteln, das bei den Disneys als Standard-Version *Selbstfindung*, als Deluxe-Ausgabe *Glück* heißt.[72]

---

[70] Elias Canetti: Masse und Macht. Fischer Taschenbuch Verlag, Frankfurt a. M. 2003, Seite 15

[71] Findlay: Magic Lands. 1992, Seite 81

[72] Vgl. John Hench: „Ich habe das Walt oft sagen hören, und jedes Mal war ich fasziniert und höchst angetan von der Art und Weise, wie Disneyland Erwachsene und Kinder dazu bringen

Eigenartigerweise endet an der Stelle, an der sich die schöne Verheißung der Ich-Findung mit der des maximierten Glücks zu einer Utopie im Märchenkleid trifft, das Interesse der Designer ebenso wie – folgerichtig – das des Publikums.

Doch warum sollte man übersehen, dass von *Sleeping Beauty* (Dornröschen) und *Cinderella* (Aschenputtel) eine frohe Botschaft ausgeht, nach der das Elend unterdrückten und ungelebten Lebens durch die erlösende Kraft der Liebe überwunden wird? Der Stammbaum edler Prinzen, die aus dem Nichts auftauchen und eine ausweglose Not beheben, endet nicht bei den Gebrüdern Grimm und Richard Wagner. Man kann bei diesen Schlössern in Anaheim und Orlando denken, woran man will – und man hat vermutlich auch keines der möglichen Vorbilder übersehen (höchstens die überdrehte Rosenkranz-Basilika von Lourdes). Doch haben sie – für Architekten, Urbanisten, Historiker und andere Beobachter offenbar uninteressant – ein Inneres, um nicht zu sagen: ein Innerstes. Gebannt vom Anblick der Abermillionen, die im Lauf der Jahrzehnte durch den Main Entrance und die Main Street U.S.A. in die „beruhigend“[73] geordneten Quartiere geströmt sind, über-

werde, sich besser zu fühlen, weil sie während des Parkbesuchs ihre Einbildungskraft in Gang setzten, sodass sie sich beim Verlassen selbstsicherer, kräftiger, geistig reger und viel lebendiger fühlen.“ (Hench: Designing Disney. 2008, Seite 1)

[73] Das psychologische Engagement sei entscheidend, wenn der Park dabei Erfolg haben wolle, seine Gäste zu verbessern, erklär-

sieht man nur zu leicht die Stelle, an der die Masse aufhören müsste, Masse zu sein.

Unter dem ersten Foto des Bildberichts, der sich im Internet zum *Sleeping Beauty Castle Walk-Through* in Anaheim findet, steht die vielsagende Legende: „This door and canopy might be the most modest entrance to any attraction in the park. / Diese Tür und ihr Vordach dürften den unauffälligsten Eingang zu einer Attraktion im Park darstellen." Zwei Personen durchschreiten hintereinander die enge Pforte, den Rücken zum Betrachter, eine rare Spezies in der von Lachern und Posierern strotzenden Disney-Ikonografie, vor sich schwärzliches Dunkel und unzählige Stufen, die laut Legende das Mitnehmen von Kinderwagen verbieten. Ein Hauch von Freimaurerei geht von der unbedarften Aufnahme aus. Man sieht: Wer hier eintritt, lässt allen Rummel fahren.

Und das Innerste von Cinderellas Castle? „Ursprünglich war [im Inneren des Schlosses] für die Disney-Familie und leitende Angestellte eine Suite vorgesehen, doch da Walt Disney fast fünf Jahre vor der Eröffnung des Parks starb, wurde sie nie fertigge-

---

te John Hench. Sie begegneten ausgesuchten inszenierten Bedrohungen, doch indem sie sie überwanden, lernten sie, wie sie zu einer größeren Beherrschung ihrer eigenen Ängste gelangten, und erwarben sich so die „Bestätigung des Überlebens". Disneys Themenpark brachte die Menschen dazu, „sich besser für sich selbst zu fühlen, und so sind sie besser für den Park. Er gab ihnen eine Struktur, die ihnen ein größeres Maß an Lebensbewusstsein und Wohlbefinden bietet. Es verringert Angst, denke ich, kein schlechtes Angebot." (Findlay: Magic Lands. 1992, Seite 86) stellt und stattdessen nach und nach zum Callcenter bzw. zur Garderobe umfunktioniert. Zurzeit dient sie als Luxussuite für besondere Hotelgäste."[74] So blieb also, nach dem verfrühten Abgang des Hohepriesters, doch immerhin *ein* Tabu-Raum von kultischer Abgeschiedenheit und reserviert für Personen und Vorgänge, die sich dem gewöhnlichen Volk entziehen. *Specially selected guests* – ein Typus, der an Erwählte, Geprüfte und Geweihte denken lässt und an dem das Management gewiss sein Wohlgefallen hat.

Man befindet sich hier vor dem eigentlichen Arkanum der architopischen Miniatur. Menschenmassen werden zwar auf den Weg gebracht und vor Ort mehr oder weniger auffällig einer Veredelung unterzogen. Doch gibt es dann eben immer diesen *point of no access*, an dem die Masse *pro fano* – vor dem Allerheiligsten – gehalten wird. Das Ziel der Ziele, das Innerste und Allerheiligste, bleibt ihr verschlossen. Was für die Vielen bis dahin wie der Hauptplatz ihrer Ankunft aussieht, erfüllt von Wundern und Magie, erweist sich nun, angesichts der engen Pforte zum Innersten, als der ultimative Vorhof. Weiter als bis auf die Vorhöfe bringt es die Masse nie. Doch sind Vorhöfe nicht in sich geschlossene Räume, vergleichbar Fallen, Verliesen oder Sackgassen. Man wird aus Vorhöfen auch nicht einfach zurückgeschickt, als hätte man sich verrannt und nun Anspruch auf eine zweite Chance.

---

[74] vgl. Wikipedia, Eintrag *Cinderella Castle*

Vorhöfe haben einen Ausgang, besser: einen nächsten Eingang, einen Übergang, der nicht begehbar ist, schon gar nicht en masse. Denn was dahinter liegt, ist kein Raum mehr wie die bisher durchquerten. Es ist der U-Topos, der Nicht-Raum, der auch für den kultischen Staff nur Gerätschaften birgt, die niemandem etwas sagen würden, der nicht vorher durch alle Tiefen und Höhen der Symbolistik geführt wurde.

Das visionäre – nicht das pseudoreale – Innere *dieses* Raums erreicht nur, wer sich im Vorhof bewusst aus der Masse löst, sich auf sein Selbst besinnt und die letzte Wegstrecke als Einzelner in gläubiger Versenkung geht. Denn genau dort, in dem mystischen Dahinter, wo das leibliche und verboten neugierige Auge herb enttäuscht würde, liegt die Erdung des vertikalen Vektors des Architopos, die sakrosankte Basis der gesuchten Transzendenz.

Dass der Disney-Park es bei dem – allerdings sehr mächtigen – vertikalen Signal der gotisierenden Schlösser bewenden lässt und keine wirkliche Fortsetzung der Raumsequenz hinter der „Engen Pforte" anbietet, belegt, dass am Ende des Tages die Immanenz des gekonnten Geldmachens das so oft bekundete „erhebende" Ziel der menschlichen Verbesserung der Besucher aushebelt. Darum ist – trotz aller gegenteiligen Beteuerung – auch kaum anzunehmen, dass die Besucher den *Happiest Place on Earth* tatsächlich *more self-assured, stronger, alert and much more alive* verlassen, sondern eben bloß professionell geblufft, geschröpft und mental uniformiert.

Vordergründig sieht es so aus, als ob spirituelle Systeme sich an dieser Stelle leichter täten. Sie arbeiten der Krise des am Ende der Verheißung schließlich untersagten Zutritts vor, indem sie die Ankömmlinge von vornherein in zwei Klassen teilen: den (wie auch immer genannten) Klerus, eine ausgebildete Zunft von Insidern, und die Laien, das Volk, das im Idealfall für machtbewusste geistliche Führer die erfreuliche Masse von Anhängern bildet, die willig-willenlos ihrem Ruf gefolgt ist, den sie aus dem verschlossenen Innersten vermittelnd nach außen geleitet haben.

Religiöse Massen, von Kindheit an erzogen, sind in diesem Punkt nicht naiv. Sie respektieren die feinen Zeichen der Stufen und verengten Chöre, brechen sich nicht durch Gitter und Lettner Bahn vor Tabernakel und Monstranzen, drängen nicht hinter die Ikonostase, zerteilen keine Vorhänge im Andrang zur Bundeslade und versuchen nicht, über die meterhohe Schwelle des Banu-Schaiba-Tores ins Innere der Kaaba zu gelangen. Sie haben, ob bewusst oder nicht, verinnerlicht, was Griechenlands ältester und schönster Architop, das Orakelheiligtum in Delphi, von der Höhe des Tempels den Pilgern entgegenhielt: *Nicht zu weit!* Und: *Bedenke, wer du bist!*[75]

[75] Man sollte die beiden weltberühmten Imperative *Nicht zu weit!* und *Bedenke, wer du bist!* nicht zu Mahnungen alltäglichen Wohl-

Vor Profanierung zu schützen gibt es im absolut profanen Inneren der Disney-Schlösser nichts (zumal dort ganze Trakte für Personal reserviert und durch gesonderte Lifte erschlossen sind). Auf den Rampen gibt es kein Gedränge, vor den Portalen keine Staus. Trotzdem ist da der beträchtliche architopische Effekt der Türmchenbouquets (in Anaheim dreiundzwanzig Meter hoch, in Orlando achtundfünfzig, in Paris einundfünfzig Meter – durch perspektivische Tricks scheinvergrößert). Getragen vom ebenso penetranten wie kryptischen Symbolismus der Logos haben sie sich längst unter die großen vertikalen Ikonen[76] der Welt gemogelt und sind, was ihre Botschaft angeht, keineswegs die Geringsten unter ihnen.

Auch wenn das im Gedränge auf ihren Vorhöfen vermutlich niemand so versteht, weisen die Schlösser kraft ihrer architopischen Platzierung den Weg zu einer wenigstens informellen Meditation. An ihrem Ende könnte, so ungern man das glauben mag, eine buchstäblich „höhere" Einsicht in den Lauf der Welt stehen.

---

verhaltens herabstufen. Sie entsprechen im szenischen wie im ideellen Sinn genau dem wiederholten *Zurück!*, das in Mozarts *Zauberflöte* dem Prinzen Tamino aus dem Tempelinneren entgegenschallt, und stellen wie das *Ite missa est!* der katholischen Liturgie eine als Abweisung formulierte Einladung dar.

[76] Zu erkunden auf einem Sightseeing, das bei den antiken Weltwundern beginnt und über zahllose Stationen bis vor die heiligen Türme unserer heutigen Welt führt, die vom vermeintlichen Höhenflug des Fortschritts inspiriert sind. Denn so gespannt das Verhältnis Walt Disneys zur Ostküste immer war, die New Yorker Weltausstellung von 1964 hat er als Bühne nicht verachtet.

XIII. Seid umschlungen!

Schließt man aus der Ikonografie der Disney-Werbung auf den Zustand der Land- und World-Besucher, befinden sie sich in einem vitalen Dauerhoch. Blickt man auf ihre mimischen und körperlichen Reaktionen, zeigen sie Züge von euphorischer Hysterie und Ekstatik. Denkt man sich dazu, wie das im *real life* klingt, kann man sich fragen, wo der so nachdrücklich behauptete Unterschied zu Coney Island und dem Rest der Rummelwelt geblieben ist.

Neben den Werbeträgern in den fotogensten Jahren gibt es die Kinder. Je nach Anlass nehmen sie sich ihre Moms und Dads als Vorbilder in den Äußerungen der Angstlust, oder aber sie erstarren kindlich vor Glück und strahlen in stiller Verzückung, wenn eine bis zum Klischee visagierte Disney-Princess sie in die Arme schließt oder Mickey Mouse mit ihnen cheek-to-cheek für ewig gleiche Selfies posiert. Zur trivialen Ekstatik der Ikonografie findet die dritte Gruppe der Besucher keinen Zugang: die Senioren. Man muss sie sich als stille, abgeklärte Zuschauer und Geldspender von suboptimaler Fitness dazudenken, die sich aus sicherem Abstand am Glück der Jüngeren freuen.

Vom Stress in diesem Power-Fun ist in der ikonografischen Selbstvermittlung solcher Glücksorte natürlich nichts zu finden. Dazu kommt, dass die suggestive Ausstrahlung dieser Bilder in den Alltag auch eine orientierende Anmutung hat. In einer Kultur der intensiven Affektuniformierung sind nonverbale Hinweise hilfreich, wie weit man in der Äußerung von Überschwang gehen darf. Bevor der Schweiß trieft, die Kleider verrutschen oder die Nervenkrise eintritt, ist selbstverständlich Schluss.

Dieses Inside-Layout ist nicht für alle Glücksplätze so differenziert zu haben. Doch entwickelt sich der exaltierte Modus natürlich auch in Fußballstadien, bei Popkonzerten, politischen Demonstrationen[77] und Starauftritten im Kennedy- und Obama-Stil, die dann auch prompt zu ähnlich irrationalen Quittungen führen, festzumachen am ominösen Terminus „Charisma".

Unter dem Deckmantel einer spirituellen Ideologie postulieren analoge religiöse Inszenierungen einen noch höheren – und darum noch weniger hinterfrag-

---

[77] Man geht für die Durchsetzung gewisser Forderungen noch immer auf die „Straße" – im Sinn des „Aux armes, citoyens! Formez vos bataillons. Marchons, marchons!" der *Marseillaise*. Unverkennbar ist aber, dass es sehr häufig prominente Plätze sind, die dem revolutionären Vorgang einen Rahmen geben. Der Prager Wenzelsplatz, der Tian'anmen in Peking, der Tahrir in Kairo, der Majdan in Kiew oder Taksim und Gezi in Istanbul sind im Prinzip architopische Formate von großer Symbolkraft und medialer Identität, die länger dauernde Aktionen ermöglichen und dabei gelegentlich eine prekäre Wohnlichkeit entwickeln.

baren – Sinn als die erwähnten profanen. Doch es ist auch da nicht einfach normal und, nur weil es um den Glauben geht, schlicht erhebend, wenn sich kaum noch überblickbare Pilgermassen vor dem Petersdom, der Rosenkranz-Basilika in Lourdes, den Open-Air-Altären reisender Päpste und rund um die Kaaba in Mekka drängen, nicht zu reden von den riskanten vierzig Millionen Seelen (Zählung von 2013) in der nordindischen Stadt Allahabad, wo sie sich im Zwölf-Jahres-Takt versammeln, um während der Kumbh Mela, dem Fest des Kruges, ihr rituelles Bad im Ganges zu nehmen.

Man kann die Befindlichkeit von solcher Art Versammelten in Begriffen der Individualpsychologie fassen wollen, wie Sigmund Freud es versucht hat, und den Teilnehmern erhöhte Affektivität bei gleichzeitig manifest reduzierter Intelligenz bescheinigen, das Ganze in libidinöse Erhitzung eingebettet.[78] Wie eine Glosse zum psychoanalytischen Ansatz Sigmund Freuds liest sich die Erinnerung an den 15. Juli 1927, den großen und tragischen Protestzug der Wiener Arbeiterschaft gegen den Justizpalast, die Elias Canetti, Individualist reinsten Wassers, mehr als ein halbes Jahrhundert später notiert:

„Es sind 53 Jahre her, und die Erregung dieses Tages liegt mir heute noch in den Knochen. Es ist

---

[78] Vgl. Sigmund Freud: Massenpsychologie und Ich-Analyse. Kapitel IV. In: Suggestion und Libido. Internationaler Psychoanalytischer Verlag, Wien 1921

das Nächste zu einer Revolution, was ich am eigenen Leib erlebt habe. Seither weiß ich ganz genau, ich müsste kein Wort darüber lesen, wie es beim Sturm auf die Bastille zuging. Ich wurde zu einem Teil der Masse, ich ging vollkommen in ihr auf, ich spürte nicht den leisesten Widerstand gegen das, was sie unternahm. Es wundert mich, daß ich in dieser Verfassung dazu imstande war, alle konkreten Einzelheiten, die sich vor meinen Augen abspielten, aufzufassen."[79]

Offenbar hatte Canetti kein Interesse daran, diese erregende Erinnerung seiner eigenen Terminologie zu unterwerfen. Doch nach den Vorgaben von *Masse und Macht* hätten die Wiener Arbeiter von 1927 eine typische offene bzw. spontane Masse gebildet: „Sobald sie besteht, will sie aus mehr bestehen. Der Drang zu wachsen ist die erste und oberste Eigenschaft der Masse. Sie will jeden erfassen, der ihr erreichbar ist. Wer immer wie ein Mensch gestaltet ist, kann zu ihr stoßen."[80] Warum also nicht auch ein junger Chemiestudent, der seine soziale Empörung aus einer im Kaffeehaus gelesenen Zeitung schöpfte und sich aufs Fahrrad schwang, um sich solidarisch erfassen zu lassen?

Was hinter dem lehrbuchhaften Übergang in *Masse und Macht* an eigener Erfahrung rumort – „Im

---

[79] Elias Canetti: Die Fackel im Ohr. Hanser, München/Wien 1983, Seite 275

[80] Canetti: Masse und Macht. 2003, Seite 15

Gegensatz zur offenen Masse […] steht die *geschlossene* Masse" –, müsste zwischen den Zeilen gesucht werden. Bei Walt Disney lässt sich dieser Übergang exemplarisch nachvollziehen. Sein Film- und Cartoon-Publikum von 1929 bis 1955 entspricht in etwa Canettis offener Masse, wenn auch einer in der Diaspora; in Disneyland schließt sie sich wie in der Vorwegnahme der eben schon ausführlich zitierten Canetti'schen Analyse: „Was an ihr zuerst auffällt, ist die Grenze. Die geschlossene Masse setzt sich fest. Sie schafft sich ihren Ort, indem sie sich begrenzt; der Raum, den sie erfüllen wird, ist ihr zugewiesen."

Hier führt die (auf kein genaues Subjekt festgelegte) Reflexion sozusagen von innen her, vom angenommenen Naturell einer besonderen Masse, an die Realität der Architektur im weitesten Sinn, als Hardware der Inszenierung, heran.

Auf die angstlösende Intention der Disney-Projekte ist im Kapitel *Hauptplatz Vorhof* bereits hingewiesen worden. Die radikale Verengung des Projektraums (34 Hektar für Anaheim versus weit über 1000 Quadratkilometer der Metropole Los Angeles) ist freilich vorgedacht, seit es den architopischen Entwurf gibt. Eden ist, Welterschaffung hin oder her, ein Garten, der den Bauern Pachom in Leo Tolstois Erzählung *Wieviel Erde braucht der Mensch* sicher nicht ins Maßlose gelockt hätte. Platons sokratisches Denkspiel in seinem Großdialog *Der Staat* orientiert sich von vornherein an den virtuellen Dimensionen der gerechten und geordneten Seele. Und Thomas Morus liefert, noch bevor man auf die Idee kommt, die zu Länge, Breite und weiteren beachtlichen Distanzen angegebenen Meilen zusammenzuzählen, den gar nicht auf ihre Größe bedachten Vergleich seiner Insel mit der kleinen Sichel des aufgehenden Monds. Selbst in Aldous Huxleys *Schöne neue Welt* und George Orwells *1984* versagt die Literatur vor der weltweiten Ausdehnung des architopischen Zerrbilds und hält sich an die sehr engen Radien persönlicher Schicksale, weil sie den Leser allemal mehr ergreifen als weltweite Missstände. Das Schrumpfen des Glücksortes auf ein uterines Format erhöht dank der infantilen Instinkte der Benutzer seine Akzeptanz und verschleiert gleichzeitig die Bedrohung ihrer Freiheit durch die experimentelle Anmaßung seiner Architekten.

Doch wie Jahwe die befremdlichen Züge eines Polizisten annimmt, wenn er in unbekanntem Gelände den Täter auffordert, sich zu zeigen, so sind Platons Wächter in aller Unschuld und philosophisch mehrfach abgesichert nicht nur zum Schutz der emotionalen Menge gegen außen da, sondern genauso, um für Ruhe und Ordnung im Inneren zu sorgen. Aus ihrem Kreis hätte Michel Foucault die eine Hälfte der Belegschaft für Jeremy Benthams panoptisches Gefängnis rekrutieren können, die andere aus den Reihen der unerbittlichen Gesetzes- und Moralhüter, die Thomas Morus für seine idealen Insulaner nötig fand. Ob Benthams ideales Gefängnis oder Morus' idealer Staat – in beiden wäre die Pflichtlektüre der Eliten Foucaults *Überwachen und Strafen* gewesen. Wie arglos der gefeierte Humanist, Märtyrer und spätere Heilige Thomas Morus in die totalitäre (Denk-)Falle ging – und das vermutlich hinter Platons Philosophenkönigen her –, belegt neben etlichen anderen die folgende Stelle:

„Wer das Verlangen haben sollte, seine Freunde in einer anderen Stadt zu besuchen oder sich auch nur den Ort selbst anzusehen, erhält von seinem Syphogranten und Traniboren mit Leichtigkeit die Erlaubnis dazu, wenn er irgendwie abkömmlich ist. Man schickt dann eine gewisse Anzahl Urlauber zusammen ab und gibt ihnen ein Schreiben des Bürgermeisters mit, in dem die Reisegenehmigung bestätigt und der Tag der Rückkehr vorgeschrieben ist. Die Reisenden bekommen einen Wagen mit einem staatlichen Sklaven gestellt, der das Ochsengespann führen und besorgen muß. [...] Wenn sich aber jemand außerhalb seines Wohnbezirks eigenmächtig herumtreiben und ohne amtlichen Urlaubsschein aufgegriffen werden sollte, so betrachtet man ihn als Ausreißer, bringt ihn mit Schimpf und Schande in die Stadt zurück und züchtigt ihn streng; im Wiederholungsfalle büßt er mit dem Verlust seiner Freiheit. Wenn aber jemanden die Lust anwandeln sollte, auf seinen heimatlichen Fluren spazierenzugehen, so hindert ihn niemand daran, vorausgesetzt, daß er die Erlaubnis seines Hausvaters und die Einwilligung seiner Frau hat. Wohin er aber auch aufs Land kommt, nirgends gibt man ihm etwas zu essen, ehe er nicht das dort vor dem Mittags- oder Abendessen übliche Arbeitspensum erledigt hat; unter dieser Bedingung kann er ganz nach Belieben innerhalb des Gebietes seiner Stadt spazierengehen. Wird er sich doch auf diese Weise der Stadt ebenso nützlich machen, als wenn er sich in ihr selber aufhielte. Ihr seht schon, in Utopien gibt es nirgends eine Möglichkeit zum Müßiggang oder einen Vorwand zur Trägheit. Keine Weinschenken, keine Bierhäuser, nirgends ein Bordell, keine Gelegenheit zur Verführung, keine Schlupfwinkel, keine Stätten der Liederlichkeit; jeder ist vielmehr den Blicken der Allgemeinheit ausgesetzt, die ihn entweder zur gewohnten Arbeit zwingt oder ihm nur ein ehrbares Vergnügen gestattet."[81]

Erstaunlich beiläufig berührt Elias Canetti die Ambivalenz von Schutz und Haft und die Tatsache, dass eine geschlossene Masse, der eine Grenze „[das Auseinanderlaufen] erschwert und verzögert"[82], bald einmal zur *eingeschlossenen* Masse wird. Legt man die Pläne der Disney-Projekte, zumal der Vorhöfe zu den Schlössern, der Insula Utopia, der Kolonnaden von Sankt Peter und der Rampen der Rosenkranz-Basilika von Lourdes nebeneinander, sieht man, dass der einladende Gestus der schützenden Aufnahme von einem Gestus der Abwehr zum Schutz des Allerheiligsten und dem erkennbaren Unwillen konterkariert

[81] Thomas Morus: Utopia. Zit. nach Projekt Gutenberg
[82] Canetti: Masse und Macht. 2003, Seite 16

wird, die einmal umschlungenen Millionen auch wieder ins Form- und Lichtlose ihres weltlichen Privatlebens zu entlassen.

Eine unüberbietbar klare Sprache spricht in diesem Zusammenhang die Architektur um die Praza do Obradoiro vor der Kathedrale in Santiago de Compostela. Nicht nur der spanisch-katholische Imperialismus der Fassade, sondern auch die hermetischen Gebäudebasen, pointiert in Präsenz und Positionierung der lokalen Polizeistation, machen sinnfällig, in welcher Falle die „geschlossene Masse“ hier säße, in die Zange genommen von den Autoritäten und auf Gedeih und Verderb angewiesen auf die jeder Flucht hinderlichen verwinkelten Altstadtgassen an den Ecken des Platzes.

Der Dreiklang von architopischer Idealisierung (Simplifizierung), erzieherischer Anmaßung der Macher und ihr – so weit unter zivilisierten Bedingungen möglich – mehr oder weniger heimlich eingebrachter Anspruch auf das dauerhafte Festhalten ihrer Klientel ist für die Disney-Projekte so typisch wie für vergleichbare Inszenierungen älterer und jüngerer Provenienz. „Sie [die Planer von Disneyland] glaubten, Disneyland offeriere eine veredelte Version der realen Welt, doch keine eskapistische oder wirklichkeitsfremde. Um den Disney-Realismus zu erreichen, erklärten sie, ‚programmieren wir alle negativen, unerwünschten Elemente hinaus und alle positiven hinein‘. Das Ergebnis, so behaupteten sie, sei nicht eine verzerrte Realität, sondern eine wiedergewonnene.“[83]

Erst der quasi Rousseau'sche Wiedergewinn einer heilen, auf ein unterstelltes Wesen des Menschen zugerichteten Realität bot die Gewähr, das eingeholte Menschenmaterial mit der nötigen Ruhe und Intensität den erzieherischen Einflüssen dieses überlegenen Milieus und seiner Hersteller auszusetzen.

„Disneyland zielte darauf ab, dass Besucher nach dem Verlassen des Parks etwas mehr in Ordnung waren als beim Betreten. Besucher dazu zu bringen, sich besser zu fühlen, erwies sich als profitabel. Die Konstrukteure verbesserten ununterbrochen die Leistungen des Parks, in der Gewissheit, dass eine bessere Behandlung der Besucher sich in größerem Gewinn niederschlagen würde. Disneyland schaffte es, gleichzeitig zu entspannen und zu verkaufen. Man könnte tatsächlich behaupten, dass der Akt des Konsumierens Bestandteil der Disneyland-Therapie war. Die PR-Leute sahen die Außenwelt als einen unseligen Ort, der die Menschen nach Disneyland zur Heilung trieb. Ein Jahr vor dem Eröffnungstag legte die Hollywood-Kolumnistin Hedda Hopper dar, Walt Disneys ‚Hauptanspruch sei es, die Menschen aus der aufreibenden und nervtötenden Welt von heute in eine Traumwelt von gestern und morgen zu führen‘. Auch wenn anscheinend so vieles falsch läuft im Leben, wiederholte John Hench zwei Jahrzehnte später,

[83] Findlay: Magic Lands. 1992, Seiten 69f.

‚Disneyland symbolisiert, dass mit der Welt alles in Ordnung ist'."[84]

Walt Disney gestand, sich nicht um intellektuelle Kritiken seiner Filme zu scheren. Lieber, als sich um Selbstdarstellung mit obskuren kreativen Ideen zu kümmern, mache er Filme, die auf die heilsame Unterhaltung zielten, wie es sich die meisten Amerikaner wünschten.

Der Park bot, wie die Disney-Filme, den Leuten genau, was sie wollten und brauchten. Seine Designer versuchten eine Antwort auf die Vorlieben seiner Besucher zu finden, sowohl der bewussten wie der unbewussten. Angeblich beruhte der Erfolg von Disneyland darauf, dass seine Designer wie gute Therapeuten die Leute besser verstanden als diese sich selbst. Die Herausforderung für die Parkplaner war nicht einfach, die Leute zu unterhalten, als vielmehr sie zu vervollkommnen. Das erforderte nicht nur, auf die Besucherbedürfnisse einzugehen, sondern sie tatsächlich dazu anzuleiten, so zu denken und sich zu verhalten, wie es nach Disneys Wissen das Beste für sie war. John Hench erklärte, dass Walt Disney wusste, wie man Leute dazu brachte, sich besser zu fühlen, weil er sie dazu brachte, „von sich selbst zu halten, was er von ihnen hielt". Wenn Disneyland sich effizient vermitteln konnte, würden seine Gäste „korrekt darauf reagieren"[85].

---

[84] Findlay: Magic Lands. 1992, Seite 78
[85] Findlay: Magic Lands. 1992, Seite 79

Der typische Traum aller architopischen Konstrukteure, der einmal eingeschlossenen Masse das „Auseinanderlaufen zu erschweren und zu verzögern“ (Canetti), kann sich – immer die legalen Aspekte im Blick – erstaunlich weitgehend erfüllen. „Die Company erschuf sich einen mächtigen PR-Apparat, der die Besucher vorbereitete, indem er das Land mit Informationen über Disneyland bombardierte. Reklamekampagnen erzielten vermutlich in den frühen Jahren ihre größten Erfolge im Zuge der grundlegenden Definition des Parks. In späteren Jahren kam der Großteil der Einkünfte von Wiederholungsbesuchern, deren Verständnis weitestgehend aus direkter persönlicher Erfahrung stammte.“[86]

Zu welchem Aufwand ein System wie die Disneys fähig ist, um seine Besucher zum maximalen – wenn schon nicht zeitlosen – Bleiben und Geldausgeben zu animieren, zeigt ein Blick auf die einschlägigen Hotels, die etwa in Anaheim einen trojanischen Ring um den Park bilden: Rund dreißig Stück davon zählt man allein in dem Geviert zwischen Ball Road, Anaheim Boulevard, Katella Avenue und S. Walnut Street.

Die globalisierte Logik und Ethik haben alte kulturelle Unterschiede weitestgehend eingeebnet. Im Süden der Kaaba von Mekka findet sich im Umkreis von fünfzehn Gehminuten ein stetig wachsender Kordon von zurzeit etwa zehn Hotels der Superklas-

---

[86] Findlay: Magic Lands. 1992, Seite 79

se. Direkt in den heiligen Kaaba-Horizont herein ragt das Fairmont Hotel Makkah Clock Royal Tower, das mit seinen banalen Superlativen einen der bedeutendsten Pilgerorte der Welt in babylonischer Manier zu marginalisieren droht. Es scheint, dass diese Fehlentwicklung die saudischen Machthaber dazu inspiriert hat, die Große Moschee so zu erweitern, dass sie als religiöses *Magic Kingdom* die Pilgermassen – die Behörden sprechen für 2012 von 2,5 Millionen Gläubigen – integrieren kann.

Keine von diesen – relativ – geschlossenen Massen kommt Canetti darin entgegen, ihr eigenes Subjekt zu sein. Um das für Hardcore-Individualisten kränkendste Faktum schlägt die Analyse Canettis (ebenso wie die Freuds) einen Bogen: Jede Masse ist immer auch – und vielleicht sogar in erster Linie – Manövriermasse, nur dass die Einheitsfäden, an denen ihre Teil-Nehmer gezogen werden, sich in der Regel im Dunkel verlieren.

So schön und tröstlich es wäre, wenn es anders wäre: Doch der architopische Raum ist ethisch indifferent. Er liefert uns leider kein einziges Kriterium, um positiv motivierte Massen von negativen zu unterscheiden.

Für den Auftritt Adolf Hitlers am 15. März 1938 auf dem Wiener Heldenplatz ordnete Heinrich Himmler, damals Reichsführer SS und Chef der Deutschen Polizei, an:

„Erstens: Um 11.00 Uhr findet eine Kundgebung zu Ehren des Führers auf dem Heldenplatz in Wien statt. Zweitens: Verantwortlich für die Absperrungs- und Sicherungsmaßnahmen vom Hotel Imperial zum Heldenplatz und auf dem Heldenplatz selbst ist Generalmajor der Polizei Mülverstedt. Für die Absperrungen stehen die Wiener Polizei und Polizeikräfte aus anderen deutschen Standorten, Teile der SS und SA zur Verfügung. Mit der Wehrmacht sind genaue Abmachungen hinsichtlich der Absperrung für die Kundgebung zu treffen, damit die Anmarschwege der Truppen zur Parade durch die Kundgebung und durch das An- und Abströmen von der Kundgebung nicht geschnitten werden. Drittens: Nach der Kundgebung fährt der Führer vom Heldenplatz zum Hotel Imperial zurück. Sobald der Führer das Hotel erreicht hat, können die Absperrungen für die Kundgebung aufgelöst werden."[87]

Die Wahl des Schauplatzes für diese Heim-Suchung war alles andere als zufällig. Denn hier, auf einer Fläche achtmal kleiner als Disneyland, zeigte sich die notorische Kaiserherrlichkeit Österreichs in architopischer Miniaturisierung. „Der Heldenplatz mit seinem imperialen Panorama – Zentrum des Habsburgerreiches, dann in der Republik, wie die Hauptstadt selbst, überdimensioniert – atmete lange noch die Weite des multinationalen Reiches, bot eine Bühne, die nach einer Inszenierung verlangte. Die-

---

[87] Dokumente aus: „Anschluß" 1938. Eine Dokumentation. Hg. v. Dokumentationsarchiv des österreichischen Widerstandes, Wien 1988, Seiten 335–341

ser Raum forderte die Füllung mit Menschenmassen geradezu heraus. Adolf Hitlers Sinn für große Theatralik hatte dies schon früh erkannt. Bereits in seinen Wiener Jahren, vor dem Ersten Weltkrieg, sah er im Heldenplatz, wie der Jugendfreund August Kubizek berichtet, eine geradezu ideale Lösung für Massenaufmärsche; nicht nur wegen der Umrandung des Platzes durch die Neue Hofburg, sondern auch, weil jeder einzelne, der in der Masse stand, wohin er sich auch wandte, große monumentale Eindrücke empfing."[88]

Hitler, vom Hotel Imperial (wie auch anders!) über den Ring kommend, hatte für seinen *adventus Caesaris* gar keine andere Wahl als die heroische Route durch das – urbanistisch völlig überflüssige – Hauptportal des Platzes, das Heldentor.

Was dann folgte, war Architopik in Perfektion: Hitler, entrückt auf dem Burgbalkon, ein Aufgebot brauner und schwarzer Lemuren um sich, von einer Hakenkreuzstandarte himmelhoch überragt, tief unter sich die heimgeholten, aber zugleich eisern auf Distanz gehaltenen Scharen, umschlossen von den Flügeln der Neuen Hofburg, weitgehend unsichtbar um sich herum Himmlers Absperrungen, die das „Auseinanderlaufen erschwerten und verzögerten", bis die Regie sie aufhob.

---

[88] Vgl. Demokratiezentrum Wien (www.demokratiezentrum.org) bzw. Ernst Hanisch: Wien: Heldenplatz. In: Europäische Revue, Heft 15/1998, Seiten 122–140

Was die Wiener Masse aus der aufdringlichen Symbolik nicht herauslesen konnte, war die pervertierte Transzendenz, an der das kranke Gehirn des Unmenschensohns bereits sehr konkret arbeitete. Die früheste Skizze zu einer Ruhmeshalle als neuem Zentrum Berlins und Mittelpunkt der Welt geht auf das Jahr 1925 zurück. Aus dieser Keimzelle wurde unter der professionellen Leitung von Albert Speer ein 320 Meter hoher Kuppelbau, der mit dem siebzehnfachen Volumen des Petersdoms Platz für 150.000 bis 180.000 Menschen bieten sollte, nach Süden ergänzt durch ein als Adolf-Hitler-Platz gedachtes, von Verwaltungsgebäuden gerahmtes Areal, das nach dem Modell von 1939 die ca. 38.000 Quadratmeter der Hallenfläche um ein Mehrfaches übertroffen hätte. Nach dem Abschluss des Projekts Germania im Jahr 1950 wären in diesem horrenden Nova Atlantis, aufgetaucht aus massakrierten Stadtvierteln Berlins, buchstäblich Millionen von Führergläubigen in einem unentrinnbaren Kult umschlungen und anschließend entseelt als Ein Volk ins Eine Reich des Einen Führers entlassen worden.

Fünf unendlich lange Weltkriegsjahre später würde dieser architopische Wahn zum Glück nicht zu einer sinnentleerten, geschichtshohlen Hofburg inmitten ihrer „città dolente“ (Dante) an der schönen blauen Donau führen, sondern in Albert Speers bleichen Gips-Modellen für die „Germania“-Phantasmagorien seines Großen Inspirators verenden. Doch gab es für so viel Zuversicht im Frühling 1938 am Himmel über Wien noch keine erkennbaren Zeichen. Und aus der Höhe seiner Türme schwebte da noch kein Engel Damiel in rechtzeitigem Erbarmen.

XIV. Der zum Volke kommt

In einem Zeitungsinterview[89] soll Michael Eisner, an Bord geholt als Krisenmanager und von 1984 bis 2005 Chairman und Chief Executive Officer der Disney Company, den Erfolg des Imperiums so bilanziert haben: „Was wir gebaut haben, konnten sich in diesem Jahrhundert nur Kirchen, Diktatoren oder Regierungen leisten."

Auf den ersten Blick ein Höhenflug von Selbstbewusstsein, wozu bekanntlich auch der im Durchschnitt eher depressive Ahnherr fallweise fähig war. Weit interessanter freilich ist diese Aussage als Indiz dafür, in welcher Liga von Ordnungsmächten sich die Betreiber von scheinbar banal-vergnüglichen Themenparks unwillkürlich spielen sehen. „Um Epcot zum Erfolg zu führen, benötigten seine Erbauer die Art diktatorische Vollmacht, von der normale Stadtplaner nur träumen können. Walt Disney verlangte [von der floridianischen Legislative] Ausnahmen von bestehenden Codes und Regulativen, sodass seine Company über ‚die Flexibilität verfügte, um mit der Welt von morgen Schritt zu halten', und auch ‚die

[89] Quelle nicht belegt. Zit. nach Jens Rehländer: *Mit Micky Mäuse machen*. In: GEO 1/1997, Seiten 68ff.

Freiheit erhielt, mit der amerikanischen Industrie zusammenzuarbeiten'. Die Organisation wies mit Bedacht darauf hin, dass sie diese Autorität nur dazu brauchte, um ,Dinge zu tun, die zum Besten der Leute sind'. So wenig wie den Besuchern von Disneyland konnte man den Bewohnern von Epcot zutrauen, sie wüssten genau, was richtig und in ihrem ureigensten Interesse war. Sie wurden weder konsultiert noch zu einer Abstimmung über Belange der städtischen Entwicklung aufgeboten. Um die absolute Kontrolle über Epcot sicherzustellen, würde die Company den Bewohnern nicht erlauben, Land zu besitzen oder ihre Meinungen einzubringen. ,Es wird dort keine Slums geben, weil wir sie nicht entstehen lassen. Es wird dort keine Tagediebe geben. Jedermann muss beschäftigt werden.' Ausschließlich technologischer Fortschritt würde auf die Zukunft von Epcot Einfluss gewinnen dürfen, auf keinen Fall aber soziale, politische oder ideologische Konflikte."[90]

Vielleicht erklärt das, warum sich die außeramerikanische Erfolgsspur des Disney-Projekts durch Länder wie Frankreich, Japan und China[91] zieht, die sich in seinen dirigistischen Fantasien subtil bestätigt finden.

Kein Wunder, dass man endlich auch in der Hauptstadt von Putin World diese Chance nicht ver-

---

[90] Findlay: Magic Lands. 1992, Seite 111
[91] China hat mit der Hongkong-Adresse (seit 2005) noch nicht genug und wird 2016 eine weitere in Shanghai eröffnen.

passen will. Die *FAZ* vom 6. April 2014 berichtete von der Disneyland-Kopie, die man dort Ende des Jahres in Angriff nehmen und im Lauf von 2017 fertigstellen möchte. Die Projektskizze zeigt die wesentlichen Strukturen des Vorbilds: Main Street, Schloss und symmetrische Areale, sorglich umgeben von Fantasiegemäuer. Noch ist die kapitalistische Pointe in der Skizze keusch unterdrückt und hinter klassizistischer Parknoblesse verborgen, als hätten die Designer beim zaristischen Peterhof ein Alibi für ihren allzu offenen Westismus gesucht. Doch die erwarteten vier Millionen Besucher pro Jahr – nach Disneys Vorbild sicher Angehörige der Nomenklatura und des schmalen betuchten Mittelstands, aus der Masse der Lohnarbeiter, Kolchosbauern und sozialen Parias vorläufig wohl eher niemand, und Touristen in Vollzahl vielleicht übermorgen – werden kaum nach weniger banalen Anreizen zur Hochform des Geldausgebens auflaufen als Krethi und Plethi an den jetzigen Adressen. Die historisierende Schutzfolie wird dann vom kommerziellen Hardcore, bestehend aus *attractions*, *dining* und *shopping*, entfernt sein und die real existierende Diktatur sich im magischen Spiegel des gelenkten Entertainments werbewirksam gerechtfertigt sehen.

Michael Eisners Diktum legt die Frage nahe, warum sich Diktaturen, Kirchen und artverwandte Regierungen denn *nicht* der architopischen Blaupause bedienen sollten. Schließlich haben sie es bisher immer wieder getan, instinktiv und gerechtfertigt von

Erfolgen, die manchmal so atemberaubend ausfielen, dass hinterher Ursachenforschung und Erinnerungsstrategien alle Hände voll zu tun hatten.

Paradiesisch ereignislos und von besänftigenden Werten wie Ruhe, Ordnung, Friede und Vernunft geprägt, kontrastiert das imaginierte Innere Architopias immer, ob tatsächlich oder nur herbeigeredet, mit Krisen und Katastrophen in der Welt ringsum.

Solange das Meer glatt ist und eine stetige Brise weht, denkt niemand an rettende Inseln und sichere Häfen. Das ändert sich schnell, wenn Orientierungsverlust, gefühlte Sinnlosigkeit und objektiv ausweglose Widersprüche die Gesellschaft und jeden Einzelnen massiv überfordern. Dann beginnt der unheimliche Mechanismus zu spielen, den Friedrich Hölderlin in seinem Hymnus *Patmos* in die verschlüsselten Verse gefasst hat:

Nah ist
Und schwer zu fassen der Gott.
Wo aber Gefahr ist, wächst
Das Rettende auch.[92]

Liest man die Verse von ihrem Ende her, stößt man zuerst auf das nicht ganz geheuere Faktum, dass *das* Rettende, eine unpersönlich positive Intervention,

---

[92] Die Deutungen des Hymnus aus den religionsphilosophischen Prämissen des achtzehnten Jahrhunderts werden hier nicht reflektiert. Diese Eingangsverse haben längst ein sentenziöses Eigenleben entwickelt und lassen sich auch unter Bedingungen abhören, die nicht im Sichtfeld des Dichters liegen konnten.

„wächst". Weder als Subjekt noch als Objekt zeigt es sich erkennbar, vorhersehbar, kontrollierbar. Es ist dieser vegetative und autokreative Zug, der die Möglichkeit offen lässt, dass es uns über den Kopf wächst. Die Geschichte kennt genügend Golem-Beispiele für die unheilvolle Implikation der Rettung.

So gesehen „ist" dann die Gefahr nicht einfach ein Zustand, der zweifelsfrei gegeben, sicher diagnostizierbar und günstigsten Falls zu beheben wäre, sondern der mit allerhand dunklen Keimen und Stoffen angereicherte Nährboden für dieses anfänglich noch anonyme Rettende im Stand-by-Modus.

Bei der vagen Hoffnung darauf bleibt es im Härtefall nicht. Wenn es stockdunkel ist, genügt selten das bloße Licht am Ende des Tunnels. Gesucht ist dann eine Lichtgestalt, die dorthin führt. Mit wem man diese mythische Position besetzt, ist nirgends gesagt. Es kann „der Gott" sein, doch für den Lauf der Dinge bewährter war immer ein Stellvertreter auf Erden. „Schwer zu fassen" ist diese Heilsfigur in zweifacher Hinsicht: Man *erkennt* sie nur schwer und *integriert* sie noch viel schwerer.

Das weitaus Irritierendste an einem solchen Gesandten ist die Nähe seiner Herkunft. In dieser Absage an den *deus ex machina*, der von einer überwältigenden Aura umglänzt apokalyptisch auftaucht und sich nach vollbrachtem Auftrag wieder in seine Sphäre entfernt, steckt eine abgründige Warnung vor scheinbarer Vertrautheit. Ist dieser „nahe Gott" nicht häufig einer von uns, aus unserer Mitte, ein langjähriger normaler Nachbar, dem das niemand zugetraut hätte? Und der in den Hitzewellen des Rettens wächst und wächst, bis er *über* uns und nicht mehr wegzudenken und -zudrängen ist?

Verkündigungserzählungen nutzen diesen an sich leicht verständlichen Topos, der in Anlehnung an Mt 13,57 als *Nemo propheta in patria* sprichwörtlich wurde. Jesus, immerhin schon ein (statistisch) halbes Leben lang Next-Door-Nazarener, reagierte bekanntlich sehr indigniert auf die rhetorischen Fragen seiner Umgebung – „Ist das nicht der Sohn des Zimmermanns? Heißt nicht seine Mutter Maria und sind nicht Jakobus, Josef, Simon und Judas seine Brüder? Leben nicht alle seine Schwestern unter uns? Woher also hat er das alles?“ – und kürzte ihnen die vorgesehene Zuteilung an Wundern.

Noch ärgerlicher gestaltete sich der Widerstand aus der eigenen Sippe für Mohammed nach seiner nächtlichen Vision, bekannt als *Die Jenseitsreise Mohammeds*: „Erst als ich geschlossen hatte, erhoben sie sich und hielten mit ihrem Unmut nicht länger zurück: Lügner! Wie kannst du es wagen, uns das alles aufzutischen? Du willst uns einreden, du seist in einer einzigen Nacht zum Tempel von Jerusalem geritten, habest dort alles miterlebt, was sich in seinem Inneren abspielte, und hinterher alle Himmel, alle Erden und ebenso die Paradiese und Höllen besichtigt. Du selbst sagst doch, zwischen dem einen Himmel und dem anderen liege so viel an Entfernung, wie ein Mensch in fünfhundert Jahren zurücklegen kann.

Und mit den Abständen zwischen den anderen Himmeln verhalte es sich ebenso. Dabei weiß doch jeder von uns, dass man für eine Reise von hier bis zum Jerusalemer Tempel mindestens einen Monat braucht. Wie also kannst du von uns verlangen, dass wir dir in irgendeinem anderen Punkt deines Berichts Glauben schenken? So redeten sie noch lange auf mich ein, mir aber fiel nichts ein, was ich ihnen hätte entgegnen können."[93] Dabei hätte sich Mohammed den Verdruss ersparen können, wenn er dem liebevollen Hausverstand seiner Frau Umm Hani, seiner anderen Frau Aischa und seiner Tochter Fatima[94] vertraut hätte, die ihm in den vorangehenden Kapiteln (80 und 81) eindringlich geraten hatten, seinen Wunderbericht fürs Erste für sich zu behalten. Denn tatsächlich hatten die Quraischiten zu dieser Zeit ganz andere Sorgen.

So einfach ist es demnach für einen Orts- und Zeitgenossen nicht, auf einem mythischen Podest Fuß zu fassen. Dabei sind es sicher nicht nur die äußeren, sondern auch – wie etwa im Fall des Propheten Jona – innere Bedingungen, die oft für eine lange Inkubationszeit zwischen Berufung und Auftritt sorgen.

---

[93] Vgl. Edeltraud Werner: Liber Scale Machometi, Band 4, Kap. 82, Übers. v. Nobert Loacker.

[94] Die Transkription der latinisierten Eigennamen Omheni, Hasce und Hatima nach der deutschen Übersetzung des zitierten Werks von Edeltraud Werner in: Religionswissenschaftliche Texte und Studien, Band 14: Die Jenseitsreise Mohammeds. Georg Olms Verlag Hildesheim, Zürich, New York 2007, Seiten 195f.

Von „Daddy“ Disneys kolportiertem Schlüsselerlebnis in den 1940er-Jahren mit seinen Töchterchen in den Vergnügungsparks von Los Angeles bis zur Verwirklichung seiner dortigen Vision von *beauty and magic* im Jahr 1955 in Anaheim, Kalifornien, verging, wie man sieht, mehr als ein Jahrzehnt.

John Cave, Charismatiker ohne religiöses Portfolio in Gore Vidals Roman *Messias*, äußert sich gegenüber Eugene Luther, dem Architekten des geistigen Überbaus der entstehenden Sekte: „Ich kann zu Ihnen aufrichtig sein. Mir ist das alles zufällig zugestoßen. Ich habe damit nicht absichtlich angefangen. Vor zehn Jahren hätte ich wahrhaftig niemals geglaubt, dass ich einmal herumreisen würde, um in Versammlungen auf Menschen einzureden wie nur irgendeiner von diesen wahnsinnigen Fanatikern, die in Kalifornien so häufig sind. […] Nun, ich komme nicht direkt aus dem Hinterwald. Ich war ein Jahr auf der State University und hatte eine ausgezeichnete Stellung auf meinem Gebiet bei der besten Leichenbestattungsfirma im ganzen Staat von Washington. Dann habe ich damit begonnen. Ich habe es eines Tages einfach gewusst. Und so habe ich angefangen, mit den Leuten zu reden, und dann haben sie es auch gewusst, und dann habe ich meine Stellung aufgegeben, um zu immer größeren und größeren Versammlungen zu sprechen, die Küste hinauf und hinunter. […] Und weil es so gewesen ist, habe ich weitergemacht. Es ist zu meinem Lebensinhalt geworden. Jetzt ist es da. Ich werde zum Volke kommen."[95]

Jetzt ist es da. – Es! Das Ich ist nur sein Diener, sein Sprachrohr, sein Prophet.[96] Und man wird immer wieder sehen: Das Es bleibt, und das erst recht, wenn sein Agent rechtzeitig stirbt. Oder mit den Worten von John Hench: „Indem Walt Zeit abseits der Studios mit seinen Töchtern verbrachte, stieß er auf den Kern einer Idee, die Wurzeln schlagen und die Gestalt seiner Company auf Jahre hinaus bestimmen sollte."[97] Disney starb schon elf Jahre nach Anaheim, fünf vor Orlando und sechzehn vor Epcot.

Es! Aber was? Eine Take-away-Idee, ein Gebilde aus überschaubar wenigen Parolen, inhaltlich so einfach, dass ein Hinterfragen gar nicht erst aufkommt. Nach der ersten irritierenden Begegnung mit John Cave als Vortragendem unterhält sich Eugene Luther mit einer Cavitin der ersten Stunde, die den Kontakt zwischen ihm und Cave anbahnt: „‚Was hat er eigentlich gesagt, Iris? Was hat er heute Nacht verkündet?' Ihre Antwort war so direkt und einfach wie meine Frage: *Daß es gut ist, zu sterben.*"[98]

---

[95] Gore Vidal: Messias. Suhrkamp, Frankfurt a. M. 1977, Seiten 84f.

[96] Die Herkunft des Wortes *prophetes* (Verkünder) geht auf das Verbum *phemi* (ich spreche) zurück und verweist auf das lateinische *fama* (Ruf, Ruhm oder Gerücht), das sich etwa im englischen *fame* erhalten hat.

[97] Hench: Designing Disney. 2008, Seite 2

[98] Vidal: Messias. 1977, Seite 80

Primäre Intuitionen sind im Hinblick auf Entstehung und Folgen so wenig logisch wie ein Blitz aus heiterem Himmel. Sie tauchen mit der ganzen Wucht subjektiver Evidenz auf, stoßen in einen über lange Zeit bereiteten Echoraum kollektiver Erwartungen vor und spalten ihr Umfeld in Gläubige und Gegner.

In *Mein Kampf* stilisiert sich Adolf Hitler in makabrer Schlichtheit zum historischen Streiter wider die Stifter allen Unheils, berufen vom Herrn der Welt, und das in atemberaubender Illumination: „Als ich einmal so durch die Innere Stadt strich, stieß ich plötzlich auf eine Erscheinung in langem Kaftan und schwarzen Locken."

Zehn Seiten später steht für ihn die apokalyptische Option seiner Epoche in Stein gemeißelt: „Siegt der Jude mit Hilfe seines marxistischen Glaubensbekenntnisses über die Völker dieser Welt, dann wird seine Krone der Totentanz der Menschheit sein, dann wird dieser Planet wieder wie einst vor Jahrmillionen menschenleer durch den Äther ziehen."

Und noch einmal zwei halsbrecherische Absätze, und der neue Messias steht fertig vor sich selbst und den Seinen: „So glaube ich heute, im Sinne des allmächtigen Schöpfers zu handeln: Indem ich mich des Juden erwehre, kämpfe ich für das Werk des Herrn." – Der zweite Satz gesperrt.

Auf wen zielte Gore Vidal mit seiner minutiösen Satire auf John Cave, den PR-Mann des glückseligen Freitods mit den netten Initialen J. C.? „Und weil es so gewesen ist, habe ich weitergemacht. Es ist zu meinem Lebensinhalt geworden. Jetzt ist es da. Ich werde zum Volke kommen."[99] Nur auf die Crusade-Heroen von Trinity Broadcasting Network?

Wir bewegen uns in einer ethischen Grauzone. Messianismus ist wertneutral. Die „falschen Propheten", vor denen Jesus – in Mt 7,15–16 – warnt, sind eine historische Realität, am verheerendsten allerdings als politische Heilande. Leider ist es, bis man sie „an ihren Früchten erkennt", oft schon zu spät. Dazu passt die bittere Absage Elias Canettis an die Chancen der Früherkennung: „Aber da er [ein neuer Hitler] anderswo erscheinen würde, sähe er auch anders aus und die Warnung wäre müßig."[100]

Iris, die erwähnte Cave-Versteherin, schildert Eugene Luther die Wirkung des funebralen Charismatikers, der zwar in den Augen einer Frau „ein ganz gewöhnlicher Mann"[101] ist: „Dennoch: Irgendetwas geschieht, wenn man ihm zuhört, wenn man ihn kennenlernt. Du mußt das für dich selbst entdecken: und du wirst es. Es wird nicht notwendigerweise irgendetwas sein, das mit IHM zu tun hat. Es gibt etwas in uns selbst, das sich bei seiner Berührung zu regen beginnt, lebendig wird, das ER erwirkt."

---

[99] Vidal: Messias. 1977, Seite 39
[100] Canetti: Das Gewissen der Worte. 1981, Seite 176
[101] Vidal: Messias. 1977, Seite 79

XV. Freiheit versus Wärme

Es ist eine Täuschung, nachvollziehbar, aber folgenschwer, die Masse erst dort zu verorten, wo man sie *sieht.* Massen sind keine Naturprodukte, sondern das Ergebnis gezielten und gleichförmigen Vordringens ins Innerste von Menschen, die dort im fragilen Schutz ihrer vermeintlichen Individualität etwas hüten und verwalten, das sie für ihre *Freiheit* halten. Wäre dieses Etwas wirklich Freiheit und nicht bloß der mehr oder weniger große Restposten von Angst, den sie anders nicht loswerden, gäbe es keine Massen.

Die, die auf Massen angewiesen sind, um ihrer Macht zu frönen, wissen das.

In seinem literarisch gestimmten Eingangskapitel von *Masse und Macht* vernachlässigt Canetti diesen politischen Aspekt der kollektiven Instrumentalisierung. Was ihm am 15. Juli 1927 in Wien widerfahren ist, verdankt seine Nachhaltigkeit ausschließlich dem Gefühl traumatisierter Individualität. Der damalige Arbeiteraufstand war aber gewiss keine scharenweise Autotherapie in diesem Sinn: „Vielleicht ist dies einer der Gründe, warum die Masse sich so dicht zusammenzuziehen sucht: sie will die Berührungsfurcht der Einzelnen so vollkommen wie nur möglich loswerden. Je heftiger die Menschen sich aneinanderpressen, umso sicherer fühlen sie, dass sie keine Angst voreinander haben."[102]

Walt Disney war sicher kein einsamer Wolf mit der Erkenntnis, dass der Königsweg zur herbeigewünschten Besuchermasse durch das Innenleben von – alles in allem uniformen – Individuen führt. Wie bei so vielen vor und nach ihm ging seine wahre Strategie nicht auf tausen*und*einen, sondern tausend*mal*einen Proselyten.

„Dass Disneyland nicht nur die Stimmung seiner Besucher, sondern auch ihr Verhalten kontrollierte, schien seinen Planern das A und O. [...] Walt Disney, der überzeugt war, die Besucher besser zu kennen als sie sich selbst, setzte alles daran, sie zu ihrem eigenen Besten zu erbauen, wenn auch so unbemerkt wie nur möglich."[103]

Letzten Endes lief es auf eine Verminderung von Angst[104] hinaus, ein Angebot, für das nicht erst und nicht nur die Besucher der Themenparks ahnungs-, kritik- und widerstandslos ihre Freiheit zur Disposition stellen.

In der literarischen Nachstellung gemanagter Erlösung zeigt Gore Vidal das zynische Spiel mit Angst und Freiheit als Methode des erfolgreichen Machtge-

---

[102] Canetti: Masse und Macht. 2003, Seite 14

[103] Findlay: Magic Lands. 1992, Seite 86

[104] Vgl. Kapitel *Hauptplatz Vorhof*: Der Park „liefert ihnen eine Struktur, die ihnen ein größeres Maß an Lebensbewusstsein und Wohlbefinden bietet. Es vermindert Angst, denke ich, kein schlechtes Angebot". (Findlay: Magic Lands. 1992, Seite 86)

winns und dazu die frivole Offenheit, mit der die inneren Zirkel neuer Bewegungen damit umgehen. Gegenüber Eugene Luther, der als ein Paulus mit unbewältigtem Damaskus gerne auf der „Freiheit, aus eigenem eine Entscheidung treffen zu können, ohne massive Beeinflussung“[105] bestünde, und dies in der Hoffnung auf einen „schrittweise[n] Abbau des Aberglaubens“, schöpft Iris aus den Handbüchern für Weltverbesserer:

„Eben das ist es. Eine solche Freiheit darf niemandem eingeräumt werden. Dazu braucht’s keine große Gelehrsamkeit, nicht einmal eine besondere Erfahrung, um das einzusehen.[106] Wie bändigt man die Masse? Überall auf der Welt mit den gleichen, altbekannten Machtmitteln. Der Mensch ist an Tyrannei gewöhnt. Er erwartet von der Regierung, dass sie ihm die Seele abfordert, und hat seine Entscheidungsfreiheit schon längst und auf den verschiedensten Ebenen im Austausch für Liebe und Sicherheit hingegeben. Was du der Menschheit in ihrem heutigen Zustand zutraust, ist für sie unmöglich.“

Dieses Statement der Cave-Apologetin Iris liest sich als zeitgemäß unterkühlte Kurzfassung der passionierten Tirade, mit der Dostojewski den Großinquisitor auf den eingekerkerten Jesus losgehen lässt:

---

[105] Vidal: Messias. 1977, Seiten 169f.

[106] Es sei in Erinnerung gerufen: Peter Stephan Jungk nennt Walt Disney einen „unendlich ungebildeten Mann“. (Velan/Jungk, 2001)

„Es gibt keine Sorge, die den freien Menschen so ununterbrochen quälte wie diese, das Wesen so schnell es geht zu suchen, vor dem er sich in Andacht verneigen könnte; denn der Mensch sehnt sich danach, ihn drängt es, das anzubeten, das unbedingt und zweifellos ist, damit auf diese Weise alle Menschen ohne Unterschied in diese Andacht einwilligten. Denn die Sorge dieser erbarmungswürdigen Geschöpfe liegt nicht darin, den Gegenstand zu suchen, vor dem ich oder ein anderer uns verneigten, sondern eben jenen, an den alle glaubten, und vor dem sie dann in die Knie sänken, alle, alle zusammen. Siehst Du, dieses Verlangen nach gemeinsamer Anbetung peinigt den einzelnen Menschen ebenso wie die ganze Menschheit mehr denn jedes andere seit dem Beginne der Zeiten. […] Und so wird es bis zum Ende der Welt sein, auch dann noch, wenn aus der Welt die Götter gewichen sind. Die Menschen werden dann vor Götzen in die Knie sinken. […] Ich habe Dir gesagt, der Mensch kenne keine quälendere Sorge als den ausfindig zu machen, dem er so schnell wie möglich jenes kostbare Geschenk der Freiheit zurückgeben könnte, mit dem dieses unselige Geschöpf in die Welt gesetzt worden ist. Aber nur der bemächtigt sich der Freiheit der Menschen, der ihr Gewissen beruhigt."

… oder bei Bedarf auch kräftiger zulangt. Dostojewskis Kirchenfürst trägt die hässlichen Züge des Antichrist, wie sie ein politisch einflussreicher

Abt des zehnten Jahrhunderts aufgelistet hat[107]: „[Der Antichrist] wird seine Boten und Prediger durch die ganze Welt schicken, und seine Botschaft und Macht werden von Meer zu Meer reichen, von Osten nach Westen und von Süden nach Norden. Er wird viele Spuren hinterlassen und unerhörte Wunder wirken. […] Der Antichrist wird eine Verfolgung der Christen und aller Auserwählten unter allen Himmelsstrichen in Gang setzen und auf drei verschiedene Weisen die Gläubigen in Gefahr bringen, durch Angst, durch Versuchungen und durch Wunder. Seine Anhänger aber wird er verschwenderisch mit Gold und Silber beschenken. Die er nicht durch seine Geschenke bestechen kann, wird er durch Angst an sich binden. Die ihm darin widerstehen, wird er durch Zeichen und Wunder zu gewinnen versuchen. Die sich überhaupt nicht überzeugen lassen, wird er in aller Öffentlichkeit foltern und einem qualvollen Tod zuführen. Die Folge wird eine Katastrophe sein, wie es vom Beginn der Menschheitsgeschichte bis auf die Zeit des Antichrist noch keine auf der Erde gegeben hat.“

Einer, der es offensichtlich nicht auf die rabenschwarze Höhe des organisierten Zynismus geschafft hat, könnte uns zweihundert Jahre nach seiner Geburt eben darum schon beinahe sympathisch sein:

---

107 Bibliotheca Augustana: Adso Dervensis (Adso von Montier-en-Der): Epistola ad Gerbergam reginam de ortu et tempore Antichristi / Schreiben an die Königin Gerberga über das Erscheinen und die Epoche des Antichrist (Übers. der Verf.)

„Kurz vor seinem Tod schrieb Bakunin resigniert in einem Brief: ‚Zu meiner grossen Verzweiflung muss ich feststellen, dass das Volk überhaupt keine Leidenschaft für die Revolution zeigt. Wie soll man die Massen denn organisieren, wenn sie nicht wissen, was sie wollen müssen, und wenn sie das nicht wollen, was allein sie retten kann?‘ In dieser Frage zeigt sich das Dilemma des Anarchisten in aller Deutlichkeit: Seine utopische Vision bezog sich gerade nicht auf die Freigabe aller Handlungsoptionen, sondern auf eine Gesellschaftsordnung, die letztlich für alle verbindlich sein musste. Bakunins Tragödie bestand darin, dass er bis zuletzt diesen Zustand für Freiheit hielt.“[108]

Wenn es erst einmal so weit gekommen ist und, bis auf ganz wenige, niemand in seiner Freiheit etwas anderes fühlt als ein ungut endloses Quälen beim Wählen, schlägt die Stunde der „Kirchen, Diktatoren oder Regierungen“, neben die Michael Eisner, Walt Disneys längstdienender Diadoche on Earth, in einem grellen Erleuchtungsflash das Reich der Mäuse und Enten einordnete. An ihren Schaltern wird die harte Währung Freiheit eingewechselt gegen billig bunte Jetons mit den abwaschbaren Aufdrucken *Spaß*, *Lust* und *Glück*.

---

[108] Ulrich M. Schmid: Utopie und Tragödie. In: Neue Zürcher Zeitung, 24. Mai 2014

Bis zu jener skrupellosen Offenheit des Großinquisitors hätte es ein Michael Eisner allerdings nie gebracht, bei aller Ähnlichkeit der Intuition: „Wir werden ihnen das stille Glück, den Frieden der schwächlichen Menschen geben, zu dem sie auch geschaffen sind; wir werden sie davon überzeugen, daß Stolz und Übermut zu nichts taugen, denn Du hast sie über sich selber gehoben und sie also den Hochmut gelehrt; wir werden ihnen beweisen, daß sie Schwächlinge, daß sie kleine klagende Kinder seien, daß aber kein Glück so süß sei wie eben das Glück der Kinder.“[109]

Den Auftakt zur aggressiven Abrechnung des klerikomanen Spitzenfunktionärs mit dem Stifter seiner eigenen Religion (der auf dem langen Weg zum Letzten Gericht einen Zwischenhalt im flammenden Spanien des fünfzehnten Jahrhunderts einlegt) bildet eine architopische Antithese, für die die Weltliteratur vermutlich keine Parallele hat. Iwan Karamasow stellt seine Vision – „ein Quiproquo oder eine uferlose Phantasie“[110] – ins zeitlose Spannungsfeld zwischen Christus und Antichrist. Dabei bleiben sich die Vorgänge im flachen Radius der von Scheiterhaufen qualmenden Stadt menschlich-allzumenschlich in et-

[109] Fjodor Dostojewski: Die Brüder Karamasow / Der Großinquisitor, zit. nach Projekt Gutenberg
[110] ebd.

wa gleich. Der ganze Unterschied liegt in den beiden gegensätzlichen Gestalten der Transzendenz:

„In seiner unermesslichen Barmherzigkeit zeigt Er sich noch einmal den Menschen in derselben Gestalt, in welcher Er vor fünfzehn Jahrhunderten drei Jahre lang unter ihnen gewandelt ist. [...] Leise und unauffällig erscheint Er unter den Menschen, und siehe, es erkennen Ihn alle. Das Volk drängt sich an Ihn heran mit unbezwinglicher Gewalt. Es umgibt Ihn, wächst um Ihn und folgt Ihm. Schweigend schreitet Er unter ihnen, mit dem stillen Lächeln unendlichen Mitleids auf den Lippen. Die Sonne der Liebe brennt in seinem Herzen, Strahlen des Lichtes, der Erleuchtung und Kraft strömen aus seinen Augen und gießen sich über die Menge und wecken die Herzen der Menschen. Er streckt ihnen seine Hand entgegen und segnet sie, und aus der Berührung mit seinem Körper, ja schon aus seinem Gewande fließt heilende Kraft.“[111]

Zwei schöne, in biblischer Tradition gewirkte Wunder später erscheint in ebenfalls überragender Erhabenheit sein Gegenspieler, der sich als Adept und Interpret des „furchtbaren und klugen Geistes, des Geistes der Selbstvernichtung und des Nichtseins“ versteht: „In diesem Augenblicke geht an der Kathedrale über den Platz der Kardinal vorbei, der Großinquisitor, ein Greis von bald neunzig Jahren, hoch und aufrecht, mit vertrocknetem Gesicht und

[111] ebd.

tiefliegenden Augen, in welchen noch verborgen das Feuer glüht. Heute ist er nicht in den Prunkgewändern, in denen er sich gestern dem Volke gezeigt hatte, da er die Feinde des römischen Glaubens verbrannte – nein, heute trägt er die alte grobe Mönchskutte. Ihm folgen in gemessener Entfernung seine düsteren Gehilfen und Knechte, die ‚heiligen' Wächter. Er bleibt vor der Menge stehen und sieht zu, was geschieht. Er hat alles gesehen [...] und über sein Gesicht legt sich ein dunkler Schatten. Er zieht seine dichten, grauen Brauen zusammen, und sein Blick leuchtet auf in Bosheit. Indem er auf Ihn mit dem Finger weist, heißt er die Wächter Ihn ergreifen. Und so groß ist seine Gewalt, und so gehorsam und ergeben ist ihm das Volk, daß die Menge den Wächtern Platz macht und diese unter aller tiefem plötzlichem Schweigen Hand an Ihn legen und Ihn fortführen. Die Volksmenge ist wie ein Mann, und die Köpfe neigen sich vor dem greisen Inquisitor zu Boden; er segnet schweigend die Menschen und setzt seinen Weg fort."[112]

Wenig mehr als ein halbes Jahrhundert nach Dostojewskis Großinquisitor spielte ein anderer Diabolarch seine Version von den „Kinderliedern, Kinderchören und unschuldigen Tänzen" durch, unterwegs zu seinem Reich, das mit jedem neuen Faktum, das wir heute noch entdecken, weniger von dieser Welt erscheint.

---

[112] ebd.

Am 30. August 1933 schrieb der jüdische Kaufmann Walter Tausk in sein Tagebuch: „Am Sonntag, dem 30. 8. 1933 kann man der Nachwelt überliefern, dass der Klamauk in Nürnberg in seinem Bombast bis nach Breslau ausstrahlte: Aufmärsche, Fahnenwälder, marschierende Kolonnen von SA, SS, Stahlhelm (viertausend Mann), die nach Nürnberg verladen wurden, darunter etwa zweihundert Mann Schutzpolizei, ‚feldmarsch-' nein ‚kriegsmässig': mit Karabiner, Revolver, Schanzzeug, Stahlhelm, schwerem ‚Affen' auf dem Buckel, Feldstecher – und mit, für Märsche ganz unpraktisch, Ledergamaschen um die Unterschenkel. Einen Zug sah ich: Oberschlesier, die von Schiesswerder nach dem Hauptbahnhof marschierten, der bestand aus etwa vierzig bis fünfzig Mann Musik, dann in zwei Abteilungen – dreihundertfünfzig Hitlerfahnenträger mit je einem Begleitmann ohne Fahne, also im ganzen siebenhundert Mann in Viererreihen, vor der zweiten Abteilung ebenfalls vierzig bis fünfzig Musiker: beide Male oberschlesische Bergmannskapellen. Wer stehenblieb oder vorbeiging, musste die rechte Vorderpfote während der ganzen Zeit hochheben! Die Klugen sahen sich diesen Bombast, der wie ein Fastnachtaufzug wirkte, aus der guten Entfernung an. Ich auch."[113]

Die Wette auf die „gute Entfernung" war da allerdings schon so gut wie verloren. SA-Schlägerbanden

---

[113] Walter Tausk: Breslauer Tagebuch 1933–1940, hg. v. Ryszard Kincel. Siedler, Berlin 1988, Seite 104

und diverse Formationen der Polizei hebelten systematisch und gnadenlos aus, was einmal jüdische Existenzsphäre war. Geschäftslokale, Wohnungen und Krankenstationen hielten dem Zugriff nicht mehr stand und verwandelten sich in Fallen und Seitenkammern des öffentlichen Terrorraums, den man zu „festlichen“ Anlässen mit Hilfe von Requisiten der Erhabenheit wie Fahnen, Standarten und Emblemen zu kathedralischen Dimensionen aufblies, in dem sich die alltäglich ungenauen religiösen Gefühle und Assoziationen der überwältigten arischen Massen heillos verfingen.

Die architopische Vorlage erklärt die Tendenz zur progressiven Vertikalisierung des öffentlichen Raums. Je mehr Motive aus dem eng begrenzten Flachland unserer Alltäglichkeit nach oben weisen, umso deutlicher erlebt sich unsere Sehnsucht nach Transzendenz als bestätigt und artikuliert. Und umso leichter und öfter schaltet unsere gebräuchliche bilaterale Kommunikation auf den Applaus- und Jubelmodus einer Masse.

Wer den Hitlerkult auf seine vertikalen Eintragungen absucht, kann bei der „rechten Vorderpfote“ beginnen, die man „während der ganzen Zeit hochheben“ musste. Unter den Klängen des Horst-Wessel-Liedes, Architopias schwärzester Hymne (*Die Fahne hoch! Die Reihen fest geschlossen!*), mag er die Nürnberger Parteitage durchgehen, das Augenmerk gerichtet auf Inszenierung, plakatierte Ikonografie und Albert Speers finalen Lichterdom, die Zeichen auf dem

Wiener Heldenplatz studieren oder die komplexe Ansage des Berghofs am Obersalzberg, um schließlich dem Genius loci von Berlin zu danken, der sich Albert Speers Germania-Entwürfen mit Großer Halle und Triumphbogen so lange widersetzte, bis es für Hitler gelaufen war.

Es ist ein Beleg für Architopias ethisch unversicherte Macht, den niemand gebraucht und verdient hat, dass die Liquidierung einer solchen diabolischen Transzendenz nur in der totalen, nach allen Seiten offenen Fläche von Schutt und Asche möglich war.

Doch zeigt sich die moralische Heimtücke der architopischen Vertikalen leider auch in der Indifferenz eines möglichen Phönix, der sich aus jeder Asche erhebt, ganz gleich, was verbrannt wurde. Diesem Geflügel gegenüber empfiehlt sich, will man die Welt nicht schlittern und schleifen lassen und eine monströse Wiedergeburt aus verdorbener Asche riskieren, die widerständige Aufmerksamkeit eines Laokoon bereits im Flachland der Immanenz.

Denn *leisten* können sich die Superwirkung der architopischen Blaupause nicht nur Disneys Erben und ähnliche Diktaturen im rosaroten Kleinformat.

***